惡　徒

夏佩爾&烏奴奴

目錄

同桌吃飯的男人

清炒蒜香蘆筍是她上的最後一道菜。這並不是她的拿手菜，而是它的作法十分簡單，也是那本上班族食譜的推薦菜色之一。這道菜，她每週至少會炒三次，所謂熟能生巧，即使是處於極大的壓力之下，好比說，她此刻所面臨的異常狀況，也仍然能夠把料理煮好。

端盤子的雙手忍不住微微地發抖，她小心翼翼地將那盤菜餚輕放在桌上，擺在另一盤滷百頁豆腐的旁邊。她幾乎是屏著呼吸把上菜的動作完成，然後，才戰戰兢兢地在餐桌前坐下。

這張米白色的二人餐桌是在 IKEA 買的，精緻小巧，風格簡約。當初，她第一眼就看上了它，即使價格貴了一點也非買不可。唯一可惜的是她還單身，因此，這張餐桌的那一端總是都空空的。

直到這一天的晚上……

與她共桌的男人，雙手粗魯地捧著碗筷，嘴巴發出不雅的咀嚼聲，而她則忘記拿自己的那一副碗筷。男人沒等她開動，大剌剌地夾走大把大把的菜餚，但她一點兒也不在意對方的教養問題，因為此刻，有太多的疑問不斷地在她的腦海中回響：

你到底是誰？我根本不認識你呀！你闖進我家想幹什麼嘛？為什麼我要跟你一起吃飯？

她的心情非常紊亂，困惑、緊張、恐懼、無助全都混雜在一起，還必須壓抑著一陣陣從膀胱襲來的尿意。

早知如此，在兩個小時前，她就應該在捷運站先上廁所了。都怪她的潔癖，向來就極度厭惡公廁，本來以為走到公寓只需要兩分鐘，忍一忍沒什麼關係，豈料她才一進門，就遇到了這個闖空門的男人。

她很想告訴男人，你選錯戶了，要偷要搶請別來這裡！這間公寓的裝潢是很有品味沒錯，可卻沒藏什麼值錢的東西，包括這裡的女主人。

姿色中上的她，有一份稱頭的職業，以及穩定的收入，名牌包、保養品更沒少買過，各方面的條件明明不差，卻從來沒交過男朋友。年過三十五歲後，不知不覺地，她周遭的男人開始退避三舍。於是，她一賭氣，索性跑去向銀行貸款，買了這間房。她只是想向世人宣告：沒人愛又怎樣？一個人過生活有什麼不對？

其實，根本沒人在乎。

更諷刺的是，自搬進新家後的首位訪客，竟然是這個擅闖門戶的陌生男子。

這名陌生男子的體格壯碩，從袖口裸露出來的手臂更是肌肉發達，然而，與陽剛身材極度不搭的，是他冷峻的容貌散發出一股陰柔的氣息，牢牢地震懾住她。

對方並沒亮出凶器，連一句威嚇的話也沒說，但她的本能告訴她，自己已經被他挾持，一動也不敢動。

陌生男子站在廚房，冰箱的門敞開著，裡頭的食物被翻得亂七八糟，很顯然地，他餓壞了。既然被女主人撞見，他不再像隻後巷的野狗，大搖大擺地直接伸手拉過椅子，一屁股就坐在餐桌前。

一開始，她還沒反應過來，直到陌生男子用力搥了一下桌子，差點兒害她的心臟跳了出來。她見他的眼神掃向廚房，這才會意，陌生男子似乎是要她下廚。為了避免激怒這傢伙，她只好乖乖去做飯給他吃。

就這樣，她與陌生男子兩人同桌吃飯。在這詭異的氣氛之下，她無法克制自己湧現一股令人尷尬的情緒，她的心靈深處居然感受到一絲從未有過的溫暖。

「……請問……我要怎麼稱呼您？」她試圖說點話，緩和一下這緊繃的場面，盡可能使用謙卑的敬語，不讓對方產生任何不愉快的反應。

「……維克托。」

一聽就知道「維克托」並不是真名，恐怕也不是他的英文名字，否則，他應該會以英語發音，但這陌生男子卻是用中文發音。面對一個闖空門的歹徒，她自然不會期待他表露真實身分。

「我……我叫黃怡君。」

自我介紹的效果不佳，兩人又陷入好一陣子沉默，她正思考著要怎麼開啟下一段對話，忽然間，門鈴聲響了起來。

突如其來的狀況，嚇得她不慎將筷子掉到桌上，發出不協調的聲響。反倒是陌生男子神色自若，完全不受影響，好像她才是那個作賊心虛的入侵者。

電鈴聲又響了一次，她一從位子上站起來，那名陌生男子也同步站了起來。她往門口移動，他就跟在她的後面，亦步亦趨，就是要她明白，一切都還在他的掌控之中，不准她輕舉妄動。

她戰戰兢兢地走到玄關，門一打開，一名禿頭的歐吉桑出現在門口，那是住在隔壁的鄰居，姓什麼忘記了，平日跟他們家幾乎沒什麼交集。

「黃小姐，你的雨傘沒掛好，掉到我家門口了。下次注意一點！」鄰居板著臉孔，吐出不討喜的怨言。

「喔，我知道了。」

關上門前，有那麼一瞬間，她想發出暗號向鄰居求救，可是，這念頭一閃而逝，她沒辦法信任眼前的禿頭歐吉桑。相較於跟她共桌吃飯、緊黏在她背後的這名陌生男子，這位鄰居的臉孔反而更陌生。

打發走鄰居，她一轉身，陌生男子的臉突然已近在咫尺。一百六十五公分的她，兩眼的視線落在他的下巴，細密的鬍渣看得一清二楚。

她稍微仰起頭，看到陌生男子的表情，突然渾身寒毛直豎，背脊直冒冷汗。

從出生到現在，父母寵愛她，同學孤立她，同事敬畏她，無論做出什麼惹人厭的事情，也沒人賞過她一巴掌、說過一句重話，然而，就在這一秒鐘，她生平第一次感覺到，脆弱的生命已瀕臨到死亡的邊界。

這個陌生男子就要把她宰了，不是「殺」，而是「宰」，就像是市場裡的攤販，毫不在乎地肢解著家畜的肉體。

但她的理智違背第六感的警告，拚命安撫著內心的恐懼。

不，不可能吧！我什麼都沒做呀！

晚餐還沒吃完，他還有半碗飯呢！菜也還剩一大盤，不，他不會殺我的……

我的冬瓜排骨湯還在瓦斯爐上，水應該滾了吧！沒人關火就糟了……

一道金屬閃光從眼前劃過，異想不到的刺痛迅速襲來，甚至還沒察覺到是從身體的哪個部位傳來。

……為什麼有水的聲音？下雨了嗎？

室內的空氣中，瀰漫著令人作嘔的血腥味，她的大腦回過神來。

……那是我的血嗎？

滴滴答答的響聲不絕於耳，她的脖子噴著血，而她的胯下跟著失禁，雙腳踩在一片濕漉中，分不清是尿液還是血液。她的意識開始模糊，想要求饒，喉嚨卻發不出聲音，只能懇求面前的屠夫能夠聽見她的心聲。

……對不起，真的很對不起……

……我過得不好，我很慘！我是魯蛇、是敗犬……

……但我不想死……

陌生男子俐落地割斷了她的喉嚨，抽回刀子，隨手往旁邊一丟。咚的一聲，雙腳癱軟的她，宛如一隻被放血的母雞，頹然倒在染成鮮紅的地板上。

走回位子，陌生男子孤獨地坐在餐桌前，身影看起來有些落寞，但食欲沒有絲毫受到影響。他舉起筷子，趕在白飯冷掉前，全部扒進口中。

死刑宣判

每次來到位在博愛特區的高等法院刑事庭大廈，孟黛華都會特地在對街先停下腳步，遠觀這棟外觀舊舊的、醜醜的建築，它跟人們所認知的法院印象有點兒落差，應該像隔幾條街的民事庭大廈那樣，有著西方古典主義風格，在電影或電視劇集中，帥哥檢察官與撲克臉律師的法庭攻防戰，在這樣的舞台上演，才不會有違和感。

一想到再過幾年，這裡就會成為自己的工作地點之一，孟黛華難免會有種不切實際的憧憬。當然，這也得先等她從法律研究所畢業、成功考上律師之後了。

平日的法院有點像是一座劇場，有時候，外頭冷冷清清的，每逢新戲上檔時，才會聚集媒體與人潮。以這個比喻來看，今天就好比是金馬影展的開幕日，各家記者紛紛卡好位，ＳＮＧ轉播車一輛輛停滿了路邊，湊熱鬧的民眾也蜂擁而來。

如此大陣仗，全是因為那一起震驚國內的重大刑案，即將在這一天進行二審宣判。被告名為洪旋志，三十歲，涉嫌犯下六起殺人案，共計殺死了十名被害人。經歷兩年的訴訟，一審被判處死刑，由於他的手段凶殘，又是隨機殺人，在目前社會輿論的壓力下，媒體預測，二審維持原判的可能性很高。

在民間與官方一面倒的處死聲浪中，只有一個名為「白色之聲」的團體，仍在努力為洪旋志爭取一條活路。廢除死刑是他們的理念，該組織的會長施天齡便是孟黛華的指導教授，而她本人則在會內擔任助理一職。

換言之，圍住法院的那一票人全是跟她對立的陣營，即使如此，她還是來到這個不歡迎她的舞台，雖然她不過是個跑龍套的小角色。

「小孟，我在這邊！」

孟黛華循聲望去，不遠處的街角有一名打扮花稍的潮男正在對她招手。那是她的研究所同學阿政，每次都一副在叫自己女朋友的樣子，其實，他們僅止於同學的關係，她並不喜歡他這種輕浮的男人。

幸好，這並不是約會，他們兩人純粹是為了公事才約好在法院會合。施教授與律師還在法庭內奮戰，他們則在外頭守候，為同志們集氣。

「真緊張，不曉得法官會怎麼判？」孟黛華的心情忐忑不安。

「還用說，一定是死刑！」

「喂！你到底是哪個陣營的呀？」

「我只是站在正義的那一邊。」

孟黛華知道，阿政其實並不支持廢除死刑，他加入「白色之聲」只是想討好教授罷了。她可不一樣，不但很尊敬教授，也打從心裡認同組織宣揚的廢死信念。

「最好不要讓我抓到你爆料給媒體，我最恨內奸了！」

「我沒那麼白目啦！被你怨恨，跟被判死刑沒兩樣。」阿政不改油腔滑調的性格，他一邊說，一邊掏出手機，伸到孟黛華的面前。

「你看這個。」

「不會是你在高等法院打卡吧？」

「不是啦！是這則剛剛傳來的新聞。」

孟黛華這才望向手機螢幕，網路上出現一則即時新聞，標題寫著：模仿犯網路嗆聲，揚言殺人聲援洪旋志！

「又是這個模仿犯！未免太囂張了吧！選在這種時候來攪局。」

阿政嘲諷道：「有這種幫倒忙的豬隊友，法官就算不想判死刑，也非判不可了。」

「這傢伙擺明只是想紅，才沒那個膽子殺人，就會在網路上出一張嘴。」孟黛華把矛頭指向媒體。「記者真是唯恐天下不亂！報這種新聞，不是免費幫他宣傳嗎？」

自從洪旋志案爆發以來，引發社會上種種不良的效應，那名模仿犯也是其中之一。他數度模仿洪旋志的作案方式，闖入無人的家中，留下出言恫嚇的紙條，字句中還提到對洪旋志的景仰，儘管還沒有人真正被殺，但已經引起大眾的恐慌。

警方遲遲未能逮到這傢伙，人們便把錯全歸在洪旋志的頭上，加深他妖魔化的程度，也讓「白色之聲」更難以為他辯護。

孟黛華正在瀏覽著有沒有後續的報導，忽然間，法院的大門口起了一陣騷動。

她趕緊將眼光焦點移回來，只見記者們的精神都亢奮了起來，有人用大分貝的音量，先一步喊出了審判結果。

「二審判決出來了，死刑！」

「果然是死刑啊！」

「只差三審定讞了。」

聽到這樣的結果，孟黛華感到一陣失落。樂觀的她之前還抱持著一線希望，可惜，奇蹟沒能發生。

旁觀的民眾們響起一片歡呼，他們個個神情激昂，振臂嘶吼，巴不得現在就將洪旋志拖出來斬首示眾。這一幕，讓孟黛華看了就有氣。她心裡吶喊著：我們不是文明國家嗎？為什麼這些人還是這麼不理性呢？

當然，群眾的心願沒能成真，在法警的戒護下，洪旋志直接被押上運監車，準備送回看守所。攝影記者早已站在制高點捕捉畫面，拍下這殺人魔匆匆一瞥的影像。

另一頭的採訪記者則布下天羅地網，不放過任何一個走出法院的人。很快地，檢察官率領的控方人馬搶先現身。

負責偵辦這起案件的檢察官名叫金柏森，三十來歲的年紀，穿起一身西裝，型男指數直逼日韓偶像。不過，記者們卻不太想訪問他，理由除了他最著名的一號冷酷表情外，也是他從不在記者會以外的場合，發表對案情的任何意見。

有媒體給了金柏森一個綽號，叫作「死神檢察官」。專辦重大刑案的他，不但每次起訴都求處死刑，更強的是，最後被告也全被判處死刑。死神封號，果然名不虛傳。

緊接著，走出法院的是被告的辯護律師劉世昌，業界對他的正面評價，大概只有資歷夠深這一項。他身旁的則是「白色之聲」的會長施天齡，這樣的雙人組合，讓記者們瞬間變成聞到血腥味的鯊魚，紛紛衝向前去。

「請問，你們對法官判處死刑有什麼看法？」一名綁著馬尾的女記者追問。

劉世昌果斷地攔截問話，回道：「我們會再上訴。」

開始有民眾對劉世昌兩人叫罵，記者們繼續搧風點火，為求拍到精采的畫面，努力擠出尖銳的質問，想逼他們失言，一根根有如稻草叉般的麥克風，不停地朝目標猛刺。

「民調顯示，百分之八十五的民眾都支持處死洪旋志，你們還想繼續救他嗎？」

「捐款給你們的人，會希望你們拿這些錢來為殺人魔辯護嗎？」

「有不少網友開始模仿洪旋志了，要是有人因此被殺，『白色之聲』是不是應該負責呢？」

施天齡曾吃過媒體的悶虧，他的話經常被斷章取義，這次，他沒有輕易上鉤，低著頭快步走向座車。然而，他沒有注意到，路邊有一位滿臉怒氣的阿伯，正埋伏在轎車旁。

「幹！什麼廢死團體？最好你們都被殺死啦！」憤怒阿伯罵完的同時，他掏出一顆雞蛋，對準施天齡的頭，猛力地砸了過去。

雞蛋炸裂成蛋花，被打中的人卻不是驚慌失措的教授，而是一名正氣凜然的女孩，她正是孟黛華。眼看教授就要遭殃，她想也沒想就挺身而出，擋下了這記攻擊。

不顧秀髮上還掛著蛋殼的碎片，黏稠的蛋液滑過額頭和臉頰，孟黛華兩眼直視著憤怒阿伯，大聲反駁道：「我們被殺死了，你就會開心嗎？」

憤怒阿伯緊繃的臉整個垮了下來，孟黛華的眼神掃過他後，又看向四周的記者們與民眾，說道：「一定要有人死，大家才會開心嗎？」

一時之間，現場全都安靜了下來。抗議民眾的嘴巴張得開開的，喧鬧聲彷彿被消了音，就連金柏森檢察官也回過頭來，好奇地張望到底發生什麼事，媒體攝影機與相機鏡頭更是有志一同地轉向了孟黛華。

「那為什麼死了這麼多人，大家卻這麼憤怒？我們變得像殺人犯一樣，再多殺一個人、兩個人，心裡就會好過了嗎？」

一說完，孟黛華所得到的回饋，是一陣又一陣發了瘋似的閃光燈轟炸，簡直快把她的眼睛弄瞎了。

捷運西湖站一帶是內湖區的商業中心，在整潔美觀的街道上，商辦大樓林立，知名廢死團體「白色之聲」的辦公室便設在其中一棟大樓的八樓。這一天傍晚，外賣小弟捧著兩大盒披薩，才要上門去按電鈴，就聽到裡頭傳出了歡樂的笑聲。

辦公室大廳中，「白色之聲」的成員們正聚焦在電視機前，觀看著稍早發生在法院的那則新聞，最佳女主角就是孟黛華。她義正詞嚴地痛批那些反廢死的民眾，讓她成了今日洪旋志死刑案的意外插曲。

孟黛華本人就站在電視機旁，見大家邊看邊笑，自己卻是哭笑不得，尤其是阿政笑得特別大聲，她真想送給他的鼻樑一拳。

「好啦！我們不要再取笑小孟了。」祕書凱倫說道：「你們看，小孟多帥呀！多虧她的表現，替我們『白色之聲』的形象加分了。」

「別再說了，我覺得好丟臉喔！」孟黛華的臉漲紅著。

其實，孟黛華感到很糗，並不是因為她被雞蛋砸中，而是說了那些大話。電視上的她拍起來雖然是個正妹，可是，她自己怎麼看，都是一個不知天高地厚的小辣椒。

她倒是不在意被取笑，因為洪旋志案二審宣判死刑的關係，大家的士氣十分低落，偶爾苦中作樂一下，多少能讓大家的心情開朗一些。

回想起一年前，洪旋志被起訴時，身邊只有公設辯護律師，面對的是怒不可遏的民意，以及義憤填膺的檢方，從他踏進法院的第一步，司法就已經未審先判，所以，一審被判死刑也是理所當然。

進入二審階段時，「白色之聲」主動跳出來捍衛被告的基本人權，並且替洪旋志聘請律師。一直以來，「白色之聲」都是站在弱勢的一方，免費替窮人提供法律協助。的確，廢死也是他們的崇高理念之一，可是，如今反而讓他們飽受反廢死陣營的抨擊。

在這段期間，「白色之聲」的辦公室不斷接到民眾的來電，話機的那一頭盡是傳來了辱罵與挑釁的話語，網路鄉民們也對他們極盡嘲諷之能事。縱使他們付出了許多心力，最後還是難敵民意的洪水，無法扭轉二審判決的結果。

官司打輸了，凱倫在會長的指示下，還是訂了披薩跟炸雞，算是慰勞大家這陣子的辛勞。美食當前，孟黛華卻沒什麼胃口，阿政倒是吃得很開心，還不忘吐槽她道：「小孟，你出名囉！以後你當律師，搞不好，有人為了找你幫他辯護，會故意去犯罪喔！」

這種誇獎聽了一點兒都不開心，孟黛華沒好氣地回道：「哪有這種白癡？」

「我就是啊！」

孟黛華不再回嘴。跟這種人認真你就輸了，阿政只是在享受這種鬥嘴的曖昧，要不是他是她的同學，她肯定會把他當成變態。

新聞台又重播了一輪，電視機螢幕上的孟黛華，不知道是第幾次被蛋砸中了。看不下去的本人，終於拿起遙控器轉台。

「我們該看別台了啦！」

一按下轉台鍵，頻道切換成某台的政論節目，討論的議題還是洪旋志的死刑案。從名嘴與來賓們的口中，一面倒地批判著廢死團體，並稱讚檢察官真是幹得好，有如正義的使者。

「那個叫金柏森的檢察官一定超爽的！」阿政一臉羨慕的樣子。「聽說，臉書上有人替他成立粉絲團呢！好像已經破二十萬人按讚了！唉，人帥真好！」

凱倫無奈地說道：「不過，他也不是只有長得帥，人家真的很厲害，在法庭上把我們打得一敗塗地。」

「哼，我就討厭他裝模作樣。」孟黛華不服氣地說道。

不想再聽名嘴們胡說八道，孟黛華又按下了遙控器，下一台播的是洪旋志的專題報導，深入剖析這個恐怖殺人魔的成長背景……

洪旋志，台北人，雙親在他成年前就分別過世了。後來，他便與妹妹相依為命，跟其他親戚們不太往來。自案發後，親友更是有多遠就躲多遠。至於他的妹妹，據說，在多年前就跑去跟男人同居，兄妹間也不再聯絡。

他肄業於市區的某所私立高中，在校成績不佳，時常蹺課。同學們都回憶說他性格陰鬱，很難親近，是一個沉默寡言的人。老師則對他沒有特別的印象，也沒做過什麼壞事。

接著，報導開始描述起洪旋志所犯下的每一樁案子，那十名無辜的死者是如何命喪於他的手中。看到被害者家屬的悲泣與控訴，電視機前的眾人都沉默不語。

幫助這種沒人性的殺人魔，到底有什麼意義呢？

孟黛華有時候也會心生懷疑，可是，她依然認為，堅守信念必須超越個人的情感，不可以這麼容易就動搖。

「我們的策略是錯的。」阿政突然發表高見：「因為洪旋志的父母雙亡，妹妹又跟男人跑了，所以，我們一直主打他很孤獨，渴望家庭的溫暖，才會犯下重案。事實證明，法官根本不吃這一套，三審應該換換別招了。」

凱倫好奇地問道：「那要用哪一招？」

「我之前就提過了，是大家都不採納我的意見。」阿政重提他的建議：「我們應該對洪旋志做精神鑑定。」

「這不行啦！老是把犯人說成有病，民眾一定又會痛罵我們了。」凱倫咬了一口披薩，轉頭瞥見施天齡。身為會長的他，從剛剛到現在始終沒有發言，即便眾人在歡樂的時候，也只有他依然眉頭深鎖，心不在焉。

「你還好吧？會長？」

就在這時，玄關的自動門打開，眾人一看，原來是律師劉世昌走了進來。他離開法院後，便與「白色之聲」的人分開，獨自前往看守所，探視洪旋志的狀況。

施天齡暫時丟開心事，問劉世昌道：「如何？他的心情還好吧？」

「很平靜，好像完全不在乎判決的結果。」

「這樣也好……那他還有什麼特別的反應嗎？」

「你也知道，他一向不太愛理我，不過……」劉世昌的精神一振。「今天，他難得主動跟我講了話。」

「喔，他說了什麼？」

「他說他有看到新聞，他想知道，那個在法院門外擋下雞蛋的女孩子是誰？」

在場的所有人全都看向了孟黛華，被這名備受爭議的死刑犯親自點名，她本人也感到萬分訝異，一時也不知道該做何反應。

劉世昌代為傳達一個請求：「洪旋志說，我想見那個女孩子一面。」

位於新北市的土城看守所，羈押了許多尚未判刑定讞的犯人，堪稱當前最熱門的死刑犯洪旋志，就是被關在這裡。

一年多來，孟黛華從旁參與了洪旋志的案子，卻從沒有跟他本人見過一面。這次，有機會走進看守所，更是她的人生初體驗，有一點新鮮，又有一點刺激。

沒想到，才一下車，孟黛華還沒往前走，就被同行的施天齡叫住。

「小孟，你跟律師進去就好，我在車上等你們。」
「教授，你不進去嗎？」
「有件事我想了很久，還是不得不做。」施天齡嘆了一口氣道：「我要撤出這個案子，不再為洪旋志辯護。」
施教授突如其來的決定，讓孟黛華一陣錯愕，只聽得他解釋道：「再繼續幫助他，只會讓我們『白色之聲』的形象更差……總之，這案子就到此為止。我已經事先知會劉律師了，明天上班的時候，我也會正式跟大家宣布。」
「那三審怎麼辦？我們不是應該奮戰到最後一刻嗎？怎麼能因為大家的觀感就放棄廢死的理念呢？」
「一開始，我的想法很單純，是想讓洪旋志受到公平、公正的審判。要不然，人們永遠只能看到媒體眼中的他。其實，我自己也很好奇，到底真正的他是個什麼樣的人？但是，從我接觸他到現在，我對他的內心世界，還是一無所知。」
「就算他很可惡，可是，這個社會沒有權利剝奪一個人的生命，這不是教授您說的嗎？」

「人心，比我們想像中更複雜。」施天齡拍拍孟黛華的肩膀：「我有一種不祥的預感，愈靠近這個人，愈是讓我恐懼，彷彿你的一切都會被他毀滅。小孟，你要當心，別被他影響了！」

施天齡說完，轉身走回車上，他的背影看起來有些落寞。

孟黛華心想，要是連「白色之聲」都放棄了洪旋志，等待他的就唯有死刑一途了。而且，以他的案情如此重大，執行死刑的日子，恐怕會比想像中要來得更快。

這一次在看守所的會面，將是拯救洪旋志性命的最後機會。

在辦理完手續後，孟黛華跟著律師的腳步，一路往所內專屬的律師接見室走去。她左思右想，都無法捉摸到這位殺人魔的心思。

他到底找她做什麼？為犯下的錯懺悔嗎？但她又不是神父，她不過是一個法律研究所的學生，能給他什麼幫助呢？總不會是跟她說兩句謝謝、加油這麼簡單吧？

當孟黛華與律師進入接見室時，洪旋志已經坐在位子上，他雙手放在膝蓋上，頭垂得低低的，兩腳在地板上左右拖動，故意讓那副腳鐐發出清亮的金屬聲響。

洪旋志的長相透過電視媒體的強烈播送，全國大概沒人認不出來吧！孟黛華原本做好了心理準備，但一看到本人，一股無法形容的壓迫感瞬間將她籠罩，而對方連頭都還沒有抬起來。

劉世昌先開口介紹道：「她叫作孟黛華，是施教授的學生。你在電視上看到的就是她。」

洪旋志冷不防地仰起下巴，冷冽的瞳孔映入了孟黛華的身影。孟黛華被他盯著看了好一會兒，背脊不自覺地升起了一股寒意。她覺得，自己像在接受這個殺人魔的面試。戰戰兢兢的她，連大氣也不敢喘一下。

接見室內陷入一片肅靜，洪旋志遲遲沒有反應，孟黛華也不曉得該怎麼化解尷尬，頻頻轉頭向身旁的律師求援。

劉世昌會意，催促道：「洪旋志，是你說想見她的，現在你見到啦！有什麼話要跟她說嗎？」

「十年前，在倒吊蓮山……」洪旋志終於打破沉默，以他高低不平的語調說道：「我……埋了一具屍體，請你們……去把它挖出來。」

被遺忘的死者

倒吊蓮山的上空堆積起厚實陰暗的雲層，一如氣象預報所料，今日的天候不佳。果然，才沒過多久，濕潤的風中便飄來了一陣陣細雨。

雨勢不大，金柏森沒有撐傘，他稍稍拉緊外套，放眼遙望這片山嶺。舉目所及，盡是茂密的樹林，以及沿著小徑開墾出來的茶園，是寧靜祥和的鄉野風情，也是冷清荒涼的偏僻地帶。

二審勝訴才過了一天，還來不及慰勞專案小組，金柏森又帶著大批警力上山。這絕非他所願，此趟臨時追加的勤務，歸咎於死刑犯洪旋志突如其來的自白。他透過律師表示，十年前，有一名被他殺害的死者，屍體就埋在倒吊蓮山上，使得這起連續殺人案又橫生枝節。

於是，由金柏森領軍，數輛警車駛向新店市郊。沿著北宜公路往宜蘭方向而行，經過坪林不遠，便抵達倒吊蓮山，再從山腳轉入小徑，蜿蜒而上，最後在山路的盡頭處停車。

雨也在這時開始下了。

警員們陸續卸下後車廂的土工器具，金柏森則優先觀察地形，一塊登山步道的標牌就插在路旁，指示著山區的地圖與路線。不過，現場並沒有看到任何登山客，除了今天是平日以外，此地本來就是挺冷門的景點。

「金檢。」叫喚金柏森的是刑警隊長張翰，這兩人配合多年，曾聯手偵辦過不少大案。「我還搞不太清楚，我們到底是來挖誰的屍體？」

「洪旋志不肯說，只告訴我大概的埋屍地點。」

「那怎麼不把這傢伙一起抓過來？」

「我懷疑，他在耍我們。」金柏森摸摸下巴道：「這可能是他想出來的招數，以為這麼做，就可以拖延三審的進度。」

張翰恍然大悟道：「原來如此。要是我們真把他帶來，結果什麼也沒挖到，那警方可就糗大了。金檢，還是你想得仔細。」

「在這個節骨眼上，任何一點細節都要以最嚴謹的角度來審視。」金柏森雙手搓著掌心。「就差最後一哩路了，我們就可以徹底了結他。」

張翰深有同感道：「是啊！要是當時讓我一槍斃了這人渣多好！你們搞司法的，很愛把事情弄得又臭又長呀！」

回想起這件重大刑案，起初，只是看似單純的一宗強盜殺人事件，犯人闖空門行竊被屋主撞見，因而行凶殺人。沒想到，後來陸續又發生多起類似的殺人案件，警方研判是同一人所為，才成立專案小組，全力緝凶。

由於遲遲抓不到犯人，媒體開始大篇幅報導，並將凶手塑造成恐怖的「入侵殺人魔」。他的作案手法大膽駭人，每次他殺人之前，都會跟死者待在家中好一陣子，最長時間曾達一天。等到他要離去時，再殺死屋主，甚至有的是一家人全被殺死，可說是極度凶殘。

警方透過監視器的影像，發現嫌犯使用的貨車，經追查車輛的來源後，才鎖定洪旋志涉案。他曾經擔任一家貨運行的司機，離職後，他竟偷走公司的貨車，到處作案殺人。

在一次警方臨檢時，一名員警意外攔到了洪旋志的貨車，嫌犯當場拒捕，還撞死了該名員警，隨後駕車逃逸，結果，引發了社會更大的恐慌。

一夕之間，洪旋志案升高為全國性的大案。警方出動了大批警力，夜以繼日地追捕犯人，最後，在一場大規模的圍捕行動中，刑警隊長張翰親自帶隊，總算逮住了藏匿在空屋的洪旋志。

最令張翰難以想像的是，洪旋志被捕時，身上連一把刀槍也沒有。這樣的傢伙居然殺死了這麼多人，而他每次犯案所使用的凶器，全都是取自於現場。

一想到這兒，張翰不免有點遺憾：「唉，如果我們能再早一天抓到他，那個叫黃怡君的女人也不會死了。」

張翰所說的，是洪旋志在被捕前一天所殺死的單身女子，也是全案最後一名死者。現場留下來的跡證顯示，凶手與被害者兩人還曾同桌用餐。那時，她面對眼前的殺人魔，究竟是什麼樣的心情呢？

「換個角度想，我們阻止了更多人因此受害。」金柏森平靜地說道。

當然，死了十個人也不能算少，如果洪旋志所言屬實，那麼還有一名死者沒有曝光，而且，屍骨在這座山裡已經埋了十年。

那一頭，員警們穿好了雨衣雨鞋，扛起了鏟子與鐵鍬，張翰便對金柏森說道：「弟兄們準備好了，我們可以出發了。」

「也等一下他們吧！」

金柏森的手往山路指去，兩輛車很快地駛抵他們的所在處。車門一開，走下來數名記者，全都是趕來採訪第一手消息，雖是不速之客，卻又不得驅趕。

斜雨紛飛的狹窄山徑上，金柏森領著警察和記者一行人，浩浩蕩蕩地走著，像是一支登山健行隊，闖入這片原始山林中。其中，有一名戴著黑框眼鏡的熟女記者，冷不防地湊到金柏森的身旁，試著跟他攀談。

「金檢，對於洪旋志送你這個禮物，你有什麼想法？」

張翰插嘴道：「喂！一具屍體，這算什麼禮物啊？」

「警官，你不懂嗎？洪旋志承認官司打不贏金檢，想跟他示好，主動懺悔自己沒被揭露的案子，希望金檢能饒他一命。」

「貝琪，你最近寫新聞，愈寫愈像在編推理小說了。」金柏森瞄了熟女記者一眼，冷冷地說道：「還封我為死神檢察官，是要拿去當你新書的書名嗎？」

一旁的記者紛紛竊笑了起來，貝琪輕輕地撥了一下頭髮，毫無歉意地說道：「唷唷，你也知道的，現在新聞要的是點閱率嘛！不過，人家對當作家沒興趣，寫假的東西多無聊，寫真實的故事有趣多了。」

「我的案子一點兒也不有趣，死刑也是。」金柏森一臉嚴肅道：「洪旋志的判決，也不會因為我、或是因為一具屍體而改變。」

「喔，不管挖到的是誰都不會嗎？」貝琪語帶挑釁道：「我倒是很好奇，洪旋志垂死前的掙扎，到底出了什麼招呢？真是拭目以待。」

金柏森與貝琪話不投機，索性專心於眼前的工作。據洪旋志提供的情報，在步行約五分鐘後，他找到了一塊三角基石。以這塊石碑為標的，再往三點鐘的方向探索，逐漸遠離了既有的步道。眾人踏草前進，強行踩出一條路來。

沒多久，金柏森等人便進入一座綠蔭的杉樹林裡，他四處尋找，終於看到了一棵斷裂成兩半的杉樹。他箭步上前，在那棵樹前站定位置，眾人也跟著停了下來。

金柏森用鞋尖點了一下濕軟的地面。「洪旋志所說的埋屍地點，就在這棵杉樹下。」

張翰的手勢一揮，員警們立刻四散開來，準備開始挖掘，就在這時，一道清脆的聲音從林外傳來。

「等等！」

金柏森等人不自覺地朝聲音的方向看去，只見一位撐著小雨傘的女孩，輕巧地從細雨中跑了過來。她剛停在眾人的面前，便把手中的傘往後一仰，傘下露出一張俏麗可人的臉龐，正是孟黛華。

「不是這棵樹！在這邊是挖不到的。」

眾人還一臉困惑的時候，貝琪很快就認出了孟黛華：「喔，你就是那個被蛋砸的女生！」

金柏森也想起那天法院前的事，他看著孟黛華，質問道：「你憑什麼說我找錯了地方？」

「屍體是十年前埋的。可是，你們看，這棵杉樹的斷裂處還有燒焦的痕跡，應該是前陣子才被雷劈斷的，所以，不可能是這一棵樹。」

記者們聽了點頭稱是，張翰卻站出來為金柏森說話：「不是相關人員，請不要來干擾警方辦案，請你離開！」

「這具屍體的事，是洪旋志最先告訴我的，我知道得比誰都詳細。」孟黛華一轉身，對檢警人員揮揮手道：「走，我帶你們去找真正的埋屍地點。」

警員們呆立不動，孟黛華自顧自地先走了。貝琪見狀，率先尾隨在後，她不忘回頭，對金柏森賊賊一笑，說道：「我相信她。」

記者們怕被貝琪搶了獨家，當下緊追而去。金柏森眉頭一皺，悶不吭聲地走在他們的後頭，一干警員們這才跟上。

檢警居然被這個女孩牽著鼻子走！金柏森的心中大感不滿，只好看她打算怎麼胡鬧再說。

孟黛華邊走邊看，偶爾停下來想一想，然後，快步往前。忽然間，她眼睛一亮，瞬間拋開後頭的眾人，一個人衝向樹林的深處。在那裡，巍然矗立著一棵巨大的杉樹，令人無法忽視它的存在。

那棵杉樹雖大，卻殘缺不全，攔腰斷裂的樹幹，缺口處還遍布青苔，就連接近根部的軀幹也破開了一塊樹洞，洞口長滿了雜草與蕈菇。

「你們快來，就是這棵樹了！」孟黛華興奮地說道。

所有人都陸續聚集到大杉樹下，張翰看向金柏森，想徵詢他的指示。「金檢？你怎麼說？」

金柏森面無表情地說道：「就挖吧！」

一聲令下，警員們以杉樹為中心，分成多組展開挖掘工作。

時間一分一秒過去，警員挖出了一個又一個大坑洞，卻一無所獲。雨愈下愈大，眾人的全身都沾滿髒污，混合著泥水、汗水與雨水，令他們苦不堪言。

三個小時後，警員個個顯露疲累，速度漸漸地放慢下來。記者們眼看期待落空，都躲到樹下避雨去了，有人還無聊到滑起手機，唯有孟黛華不時在旁邊關心進度，主動留意任何可疑之處，但依然找不到屍體。

「什麼也沒有嘛！果然是被那傢伙擺了一道！」張翰瞪了孟黛華一眼，一副要她負責的樣子。

孟黛華自己也很納悶，無奈地蹲在坑洞旁邊，歪著頭，陷入思考中。

這一頭，金柏森看了一下手錶，斷然宣布道：「好了，到此為止。大家放下手邊工作吧！」

貝琪出言調侃道：「什麼？不挖啦？是真的挖不到，還是你不想挖到呢？啊！不好意思，金檢，說出了你的心聲。」

「你自己來挖挖看。」張翰反駁道：「沒有就是沒有！再挖下去也一樣。」

「說不定，就在你腳下而已。也許，再挖深幾公分就可以找到了。」

「我們不能耗費無謂的警力。張警官，收隊吧！」

張翰領命整隊，警員們如釋重負，便草草地回填了這些坑洞，而孟黛華則始終茫然失措地蹲在一旁。

當金柏森等人收拾完畢、就要往山下移動之際，孟黛華宛若大夢初醒，整個人彈了起來，卻朝反方向踱步，一下子觀察草叢，一下子又檢查樹根，似乎還不肯死心。

金柏森分神看著孟黛華的舉動，直到張翰拍了拍他的肩膀。「金檢？有什麼問題嗎？」

「喔，沒事，你們先走吧！」

張翰帶著警員以及記者們從原路折返。金柏森看著他們走遠，才一轉身，孟黛華居然已經消失在樹林裡，只有一把小雨傘被丟在泥地上。

遇到這個突發狀況，金柏森非理會不可了。他掉頭回去，在附近尋找孟黛華，但都沒發現她的身影。

繞著大杉樹走了一圈，剛走回原點，金柏森的眼前赫然出現了孟黛華，嚇了他一跳。她的背部緊靠在那棵大杉樹的樹幹上，剛剛視線被遮蔽住，難怪沒看到她。

孟黛華咬著嘴唇，好像在壓抑著起伏不定的情緒。

「你還不走？不會想一個人在這邊挖吧？」金柏森問道。

「不用挖了。」

金柏森一愣，只聽到孟黛華興奮地說道：「我找到屍體了。」

孟黛華往右跨了一步，秀出身後的大樹洞，她彎下腰，雙手撥開樹洞前的雜草與枯枝，讓光線照亮漆黑。就在那個空洞內，赫然出現了一具人類的屍骸，看得出來死亡多年，雖然已無從辨識出骷髏的容貌，但從其身上的服飾穿著判斷，應該是一名年輕女子的遺體。

這個被遺忘的死者，十年後重見天日。她的存在，彷彿在取笑著金柏森的無能，讓他再也不能夠漠視她的悲劇。

翻案的曙光

發現屍體的杉樹洞旁圍起了封鎖線，儘管四周根本人煙稀少，例行公事還是不能免，而警方的鑑識小組，正在那具骸骨旁進行採證工作。記者先前已經拍過一輪，都忙著發稿去了，唯一留在現場的非警方人員，只剩下孟黛華一人。

雨剛停不久，孟黛華被淋濕的頭髮卻還沒乾，山風陣陣吹來，害她打了一個噴嚏，不幸被路過的金柏森看到。

「回去吧！你不需要待在這兒了。」

孟黛華揉揉鼻子，逞強地說道：「沒關係，你不用在乎我。而且，我也沒礙著你們。」

「鑑識結果不會那麼快出來，尤其是死亡時間已經超過十年，還需要一段時間，才能查出死者的身分。」

「有些線索用不著等待化驗分析，看就可以看得出來。好比說，那是個女生，而且很年輕。」

「不要做多餘的猜測。」金柏森打斷對方的話：「只要辨識出死者的身分，我們就會對記者發布消息。」

「那太慢了。」孟黛華鄭重表明立場。「我代表被告律師陣營，有權先知道這項情報，不然，我就在這裡等下去。」

為了快點打發走孟黛華，金柏森做出讓步：「好，我會先通知你們律師，行了嗎？」

「你有 Line 的帳號嗎？也可以第一時間通知我。」

在孟黛華的半強迫下，金柏森無奈地跟她交換了 Line 的帳號，不過，他依舊強調：「要是找不到律師，我再通知你。」

勉強接受這個條件，孟黛華其實也累了，她搖搖晃晃地起身，準備離開。金柏森見她腳步蹣跚，主動陪她走往山下，兩人並肩而行。

「你怎麼來的？」

「騎車。」

「從台北一路騎過來？」

「對啊！不行嗎？」

「……你是『白色之聲』的人，對吧？」金柏森意有所指地說道：「難道你不知道洪旋志是個怎麼樣的人嗎？」

孟黛華有如警覺的刺蝟，正面迎擊道：「是的，我研讀過他的每一樁案子，也看過那些死者被殘殺的照片。我知道你要說什麼，對！他是殺人凶手，但這跟我想救他免於死刑，並沒有衝突。」

金柏森沒想到孟黛華的反應這麼快，一時語塞。

「那換我問你，你是檢察官，對吧？」孟黛華反問道：「難道你不覺得很奇怪嗎？洪旋志所犯下的每起案子，都將屍體留在現場，為什麼唯獨這名死者，他卻要埋起來呢？」

金柏森敷衍地回答道：「這可能是他第一次犯案，膽子比較小，不想被人發現。」

「別忘了，他是在十年前殺了這個女生。要是我，早就忘記埋在哪裡，可是，他卻記得清清楚楚。不僅這樣，他還要選一個很容易標記的埋屍地點，所以，我才會確定是那一棵大杉樹。因為，那棵樹太顯眼了！」

「那他又為什麼要大費周章地埋屍呢？」

孟黛華大膽地推測道：「我認為，他是想記得自己把屍體埋在哪裡，這也就表示，這個死者一定對他有什麼特殊的意義。」

一個還沒出茅廬的小女生，竟有著不凡的推理能力，還點出了檢方的盲點，金柏森的確太小看了她。

冒著淒風苦雨，孟黛華獨自騎著機車，一路穿越北宜公路。路況不良加上視線不佳，有好幾次，她差點被暴衝超車的砂石車掃到，幸虧福大命大，總算平安騎回了台北。

市區的天氣已然放晴，迎風行駛的孟黛華，身上微濕的衣衫很快就被吹乾了。

於是，她不急著返家更衣，一心只想趕去「白色之聲」，想趁大家下班以前，趕快跟他們討論最新的案情。

剛脫下安全帽的頭髮還有點亂糟糟的，孟黛華一邊梳理，一邊快步走進辦公室，只見同事們都差不多收好包包，正準備離開。

孟黛華語帶激動道：「我真的挖到屍體了耶！洪旋志沒有說謊，這案子又有機會翻轉了。」

沒想到，同事們的反應很淡定，凱倫則露出尷尬的苦笑：「嗯，辛苦你了，小孟……我晚上有約，先走囉！拜拜。」

凱倫與同事們匆匆走出辦公室，孟黛華感覺自己被澆了一頭冷水。這時，施天齡上前跟她說道：「我已經跟大家說了，從今天起，我們不再插手洪旋志的案子。」

「那……大家都接受了嗎？」

從方才眾人的態度來看，孟黛華的心裡有數，這問題顯然不需要回答了。

「小孟，我們『白色之聲』要把資源留給更需要的人，希望你能諒解。」

「可是，教授……」孟黛華心有不甘地說道。「這明明是一個好機會。你之前不是說，洪旋志一直不肯透露他的內心世界嗎？也許，我們從這具遺體的身上能找到他變成殺人魔的原因。」

「這些事都交給警方處理吧！」

施天齡鐵了心，即使是孟黛華天真無辜的臉，都不能打動他。

忽然間，電話鈴聲響起，僵持中的師生二人愣了一下，卻誰也沒去接聽。鈴聲響了又響，這時，阿政從廁所跑出來，邊拉褲子邊看著孟黛華。「咦？你回來啦？電話在響耶！你們怎麼都不接？」

阿政沒想太多，伸手便接起電話：「喂……『白色之聲』您好，請問找哪一位？」

一旁的施天齡與孟黛華都看向了阿政，只見他很快將話筒移開，說道：「小孟，找你的，好像是記者。」

孟黛華一臉納悶地接過話筒，才喂了一聲，就聽到電話的那一端傳來熟悉的聲音：「孟黛華小姐，是嗎？是我啦！東方新聞台的記者貝琪。白天，我們在倒吊蓮山上碰過面，記得嗎？」

「找我有什麼事嗎？」

「你很厲害喔！今天狠狠地給金檢打臉。你一定會紅！我想幫你做一篇報導……」

「不用了，我不想紅。」

孟黛華不願被新聞媒體消費，她打發掉記者，掛上電話。本來要設法去說服教授的，可是，施天齡不願多談，反過來安撫她。

「小孟，這陣子你也累了。明天起，我放你一個禮拜的假，好好休息去吧！就這樣了。」

之後，「白色之聲」的辦公室熄燈，施天齡也駕車離去，孟黛華與阿政則一起走到機車停車場牽車。

不識相的阿政對身旁的同學提出邀約：「小孟，既然明天放假，有一部剛上檔的新片，我們一起去看吧！」

小孟白了阿政一眼：「我沒心情看電影，我……想繼續把這案子查下去。」

「啊？你還不死心呀？」

「我有預感，這件案子也許能夠扭轉最高法院的審判。我相信，只要證明洪旋志還有人性，法官就不會判他死刑。」

「那你就更應該跟我去看這部電影。」

「為什麼我非看不可？」

「因為，這是一部懸疑驚悚片，故事是講一個平凡的上班族，由於精神分裂，腦中有七種不同的人格，其中一個就是殺人魔，當由他來主宰身體時，就會到處展開屠殺。」

「請問，這跟我要查案有什麼關係？」

「這就是我大力推薦的辯護招數！把洪旋志設定成人格分裂者，殺人如麻的是另一個魔鬼人格，而他的本性其實是很善良的。」

孟黛華聽不下去了，阿政總是滿腦子邪門歪道的想法，如果他以後當了律師，司法恐怕會被他搞得亂七八糟。

「那個……我考慮看看。」

「那明天我再打給你。」

孟黛華勉強擠出笑容，迅速發動機車。

乍然點亮的燈泡，照亮了這間暖色系的公寓，意興闌珊的孟黛華終於回到家中。這是一間位在師大附近的單身貴族套房，十來坪大小，一個人住剛剛好，是在忙碌一天過後，最令人舒服的小窩。

她覺得自己做了一整天的白工，此刻，叫她做什麼都提不起勁，但全身散發的泥土味與汗臭味開始發酵，逼得她去換掉衣服。沖了個熱水澡，結果澡一洗完，頭髮也忘了吹，她就這麼赤裸裸地躺在床上，不到一分鐘就呼呼大睡。

眼睛一閉，再睜開眼時，已經是隔天中午了。孟黛華懶洋洋地起床，感覺身體沒什麼異狀，幸好沒因此感冒。她穿好衣服，盤算著要怎麼規畫這一週的假期。

昨晚，她下定了決心，要獨自調查洪旋志的案子。可是，具體的行動是什麼，她還沒有頭緒，只好先打開電視，一邊吃早午餐，一邊看看新聞有沒有新消息。

透過電視媒體的大肆報導，倒吊蓮山上的那具屍體成為了各新聞台的頭條。不過，記者們所掌握的情報跟孟黛華知道的一樣多，大家的推測也很一致，認為這是洪旋志初次犯下的殺人案。

一口氣將馬克杯裡的鮮乳喝完，孟黛華抹抹嘴巴，坐到書桌前，打開筆電，瀏覽一遍網路新聞，以及各大論壇的留言，這是她每日的例行公事之一。有時候，神人等級的網友會貼出超乎想像的推理；有時候，她看到網友辱罵廢死團體，還會發文回擊。

她就是看不慣有些人為反而反，一點兒也不理性，要是她這次翻案成功，就可以給他們一嘗挫敗的滋味。

花了一點時間沉澱思緒，孟黛華找到了切入點。既然出現了新的死者，這意味著洪旋志犯下的所有殺人案件必須要重新洗牌，從頭檢視。她打開儲存於筆電裡的資料夾，試試看能否整理出一點蛛絲馬跡。

包括那名在臨檢中被撞死的員警，這些案件中的被害者們，彼此沒有關聯，全都是隨機殺人，誰遇上他，誰就倒楣。

原先被警方認定的第一起命案，是發生在三重某公寓的強盜殺人案，屋主叫作楊紀中，二十五歲，待業中，平日喜歡窩在家中玩網路遊戲。

五年前的某一天，洪旋志闖進這棟公寓時，意外撞見這位沒工作的宅男。他痛下殺手，竟活活打死了對方，搜括完屋內的財物後，便開著公司的貨車逃逸。

警方事後查出，洪旋志是不爽被公司解雇，因而偷車。失去收入的他，開著車子在大台北地區到處闖空門，有值錢的就偷，有食物就吃，最狠的是，當發現屋內有人，他絕不留下活口。

就在這時，手機響起了 Line 的通知音效。孟黛華以為是阿政又要約她看電影，正打定主意要已讀不回，沒想到，點開螢幕一看，居然是金柏森傳來的訊息。

「今晚七點，約在『翡冷翠』。把時間空出來！」

翡冷翠是位在信義區的一家義式餐廳，店內的格調時尚優雅。孟黛華坐在金柏森的對面，儘管她刻意打扮得很樸素，無奈整間餐廳的客人幾乎都是情侶，在服務生的眼中看來，他們倆一定很像是在約會。

孟黛華知道，自己常被男生當作正妹，身邊的追求者也很多，不過，她以女人的直覺判斷，這個鐵面檢察官絕對不是對她有意思。

金柏森翻也不翻桌上的菜單，說道：「我點好了，你隨便點吧！我請客。」

「是你私人請的，還是報公帳？」

「有差別嗎？」

「如果是要用納稅人的錢付帳單，那我要考慮一下接不接受。」

「我私人請你，總可以了吧！」

「那倒可以。」

向服務生點完菜後，金柏森看著同桌的女孩，說道：「你還在念法律研究所，是吧？之後會考律師嗎？」

「不然呢？當檢察官嗎？」孟黛華板起俏臉說道：「你約我出來，只是要告訴我，你已經把我的背景調查清楚了？我只是個微不足道的小人物，不用把我放在眼裡，對嗎？」

金柏森微微一笑，讓孟黛華更覺得他瞧不起自己，加強語氣說道：「可是，你別忘了，沒有我這個不起眼的小人物，你們才挖不到那具屍體呢！」

爭辯中，服務生將餐點送了上來，孟黛華毫不客氣地點了一盤松露義大利麵，反觀金柏森的面前，只有一杯黑咖啡。她看了他一眼，不甘示弱，拿起叉子大口大口地吃了起來。

「你們的律師已經被解任了，我手邊的情報，自然就不需要通知他了。我答應過你，要第一時間跟你說，我只是履行我的承諾而已。」金柏森喝了一口咖啡。

「至於這頓飯，就當作是檢方感謝一位好市民，獎勵她主動協助辦案。」

孟黛華的眼睛一亮：「所以，案情有進展了嗎？」

「以下的資訊，除了專案小組之外，你是第一個知道的。」

「喔，那我還真是榮幸呢！好啦，快點說啦！不要賣關子了。」

「倒吊蓮山上挖到的那具女屍，我們已經查出了她的身分。」

「這麼快？她是誰？」

「她叫作洪瑋茹，當年被殺害時，還只有十七歲……你是不是覺得，好像在哪裡聽過這個名字？沒錯，她……就是洪旋志的親妹妹。」

孟黛華一瞬間呆住了，手裡的叉子險些兒掉到地上。

「怎麼會……」

「從死者身上揹著的包包裡，找到洪瑋茹就讀星美高中的學生證。我們也比對過DNA，確認死者就是她本人。」

金柏森放了一份資料在桌上，任由孟黛華過目，雖然這違反偵查不公開的原則，但既然對方敢給，她就敢看。

翻閱證物照片與檢驗報告，與金柏森所言一致，孟黛華問道：「我以為，他妹妹只是失聯而已，不是說她跟男人同居嗎？」

「詳情我們還會再去調查。這十年來，沒人提報過洪瑋茹失蹤，所以才沒發現她已經死了。」

這樣的驗屍結果，是孟黛華完全料想不到的，幾乎是推翻了她原先的計畫。

金柏森看穿了她的心思，還給了她一記重擊：「可惜了！你這麼努力，也只是讓我再多加他一條死刑，讓大家更了解洪旋志是多麼沒人性。」

命只有一條，就算判一百次死刑，對犯人來說都是一樣，惟有活著，才有意義。孟黛華氣不過金柏森的挑釁，嘴硬道：「就算是他殺了他妹妹，我們也應該去了解他的動機是什麼？他的想法又是什麼？」

「你怕蟑螂嗎？」

「啊？」孟黛華突然被這麼一問，一時反應不過來。

「我跟大家一樣，都很討厭蟑螂。其實，你再怎麼打，永遠也打不完這麼多蟑螂，而你今天打死一隻蟑螂，也無法嚇阻其他蟑螂，明天，牠們仍然繼續會潛入你家。」金柏森冷冷地說道：「即使是這樣，我在打蟑螂的時候，從來不會想那麼多，就是把牠打死。牠在想什麼，一點兒也不重要。」

孟黛華明白，她與這位檢察官有如光譜的兩端，她只回了一句話。

「但人不是蟑螂。」

金柏森故意說這些話，是想試探這女孩的底線，一如他所預料的，她很有自己的原則，不會輕易妥協。

「這次案子，你沒機會贏我。期待下一次，我們能在法庭上相遇。」

孟黛華搶先一步離席，說道：「我改變主意了，我不想給你請客，你還是報公帳好了。」

走出餐廳，孟黛華頓時覺得一片茫然。死者是洪瑋茹的這個事實，讓一切全亂了套。下一步，她該怎麼做才好呢？

尤其是等這個消息一公布後，輿論風向一定會被媒體導到支持死刑的那一方，孤軍奮戰的她，實在沒辦法力挽狂瀾。

一陣巨大的無力感襲擊而來，孟黛華站穩腳步，試著從此刻的逆境中，找出一絲絲的希望。

只有當面去問那個人了！這是目前唯一可走的路。

第二度來到看守所，上次，孟黛華有律師陪同，這一次，她得靠自己。想到要單獨與洪旋志對話，坦白說，她還沒做好心理準備。

停好機車，孟黛華正要前往大門，卻無意間瞧見路邊的攤販，招牌上寫著「會客菜」。這是看守所外頭的一門特殊生意，來探訪的受刑人家屬可以在此購買菜餚，好送進所內給牢裡的犯人解解饞。

如果能透過美食，打好跟洪旋志的關係，也許，他會比較願意打開心防。孟黛華跑去攤位前買了一份，拎著一袋熱騰騰的菜，走進看守所中。

由於洪旋志涉及重大刑案，所內嚴格限制他的會客次數，一週僅限一次。孟黛華既然用掉了這個名額，就必須鼓起勇氣，親自開口問他關於妹妹的事情。

通過個人身分的檢查，攜帶的會客菜也符合規定，孟黛華順利被放行，由獄警帶往會客室。

跟上次的律師接見室不同，這次是在一般的會客室，訪客與犯人的中間需隔著一層透明玻璃，雙方的交談得藉由桌上的話機傳達。

孟黛華被帶到位子上坐好。等待的過程中，她張望四周，旁邊有一名染著紅髮的女子，正在探訪一名粗獷的光頭男子。從聊天的內容聽起來，兩人應該是夫妻，紅髮女子還不時拉著她的低胸上衣，試圖給她的老公一點福利。

孟黛華看了有些臉紅，連忙轉過頭來，這時，洪旋志已經從門後出現。他一見到孟黛華，雖然表情依舊冰冷，但隱隱約約能感覺得出來，他並不排斥接受會客。

兩人同時拿起話筒，孟黛華事先想好要怎麼開口，說道：「我……買了會客菜給你吃。」

洪旋志點了點頭，表達謝意。他似乎很喜歡盯著人看，上次也是這樣，讓孟黛華很不自在。

「那個……我照你說的，去了一趟倒吊蓮山，警方也挖到了屍體……」孟黛華停頓了一下，才續道：「……他們剛查出了她的身分……」

洪旋志終於有了回應：「……她看起來，是什麼樣子？」

孟黛華有點難以啟齒，面對死者的哥哥，她是否不該說得太露骨？但偏偏他又是殺人凶手，有沒有必要隱諱呢？她想了一想，掰不出更好的修飾，只能說出心裡真正的感受。

「我們找到她的時候，早已是一具骷髏，看不出她生前的模樣。」

「是嗎？」

這是正確答案嗎？還是答錯了呢？就跟施教授說的一樣，她實在揣摩不了洪旋志的心思。

洪旋志緩緩地閉上了雙眼，沉浸在自己的回憶中：「我……已經想不起她的臉了。」

「我可以問你一個問題嗎？」孟黛華鼓起勇氣，問出了此行中最關鍵的一句話。「你為什麼要殺死你妹妹？」

忽然間，一旁傳來吵架聲。孟黛華本能地轉頭一看，隔壁的夫妻檔不知道為了什麼一言不合，對著彼此大聲叫囂。紅髮女子氣得掛上話筒，頭也不回地走人。光頭男子見狀，面露後悔，最後不甘願地被獄警帶走。

孟黛華回過神來，玻璃那一端的洪旋志已經有了回答。

「那是一個儀式。」

洪旋志這麼一說，孟黛華才注意到，他裸露的手臂上，刺了一堆奇怪符號的刺青。

「……什麼儀式？」

「為了讓……維克托誕生。」

一連串的啞謎，讓孟黛華的腦袋愈來愈混亂。「維克托？那是誰？」

「現在，這一分、這一秒鐘……」

洪旋志的口中，吐出了令人發寒的音調。

「我……就是維克托。」

維克托的獨白之一

在那一條沒落的老街盡頭，有一棟掛著「珍奇博物館」招牌的白色洋房。我在館裡所看到的景象，一輩子也忘不了。

那是發生在我國小六年級的往事。某一次的校外教學時，我們這年級的學生乘坐遊覽車，來到苗栗的一處山區，參觀了廢棄鐵道、日式宿舍，以及古老吊橋等等，全是無聊的行程。

好不容易熬到自由活動的時間，老師放學生們在老街上趴趴走。我跟在班上幾個同學的後頭，路過了這間私人經營的「珍奇博物館」。

兩層樓高的鄉下木屋，刻意改建成西式洋館，掛在大門頂端的招牌色彩豔麗，十分炫目，牆壁貼著琳琅滿目的標語，強調館內收藏了各種恐怖怪奇的生物，門前的柵欄上，還用繩子拴著一隻活生生的科莫多龍，吸引男孩子們好奇圍觀，女孩子們則是對這隻巨大蜥蜴避之唯恐不及。

這間博物館的門票定價為五十塊錢，以一個小學生來說，稍微貴了一點，不過，還可以接受。就算它要跟我收兩倍的票價，我也一定要入館一探究竟。

起初，我的想法很單純。因為，我以後絕對不會再來這裡，所以，今天不進去，就沒有下次的機會了。

可是，這麼有魅力的博物館，除了我，居然沒人想花錢進館。同學們寧可拿去吃烤香腸，買一些塗滿色素的零食，以及可笑醜陋的紀念品，也不想走進這棟詭異的洋房中，來換取一次難得的體驗。

同學們逗弄完科莫多龍後，隨即走遠，只留下我獨自站在門口。就在這時，我看到了我的妹妹。由於我是年尾出生，晚了一年上小學，因此跟小一歲的妹妹就讀同年級。她是我們隔壁班的學生，自然也參加了這次的校外教學。

我二話不說，上前拉住妹妹的手，硬拖著她踏入珍奇博物館裡，並擅自替她買了門票。坦白說，我自己一個人進來也可以，但我生性謹慎，誰知道裡頭會發生什麼事？多一個同伴在身邊，總比沒有的好。

我牽著妹妹的手，從玄關的售票處往內走，穿過狹窄的走廊，兩旁的窗戶都被木板釘死，完全遮蔽住外頭的日光，僅靠轉角的一盞古董檯燈，為這個密閉的空間提供微弱的照明。布鞋踩過的暗紅色絨毛地毯，不曉得幾年沒洗過了，髒得要命！它一路向前延伸，引導我們來到寬敞的展覽室。

然後，我看到了那群「怪物」。

一尊尊的「怪物」陳列在參觀的動線上，有渾身獸毛的少年、有長出兩顆頭的連體人、有皮膚像蛇一般的女人，還有肚皮上多了一張人臉的男子等等，讓我看得目不轉睛。

偌大的館內，除了我們兄妹以外，一個客人也沒有。膽小的妹妹一隻手被我牽住，另一隻手則遮著眼睛，大概以為自己來到了鬼屋。

但鬼並不存在，我很早就知道了。其實，這間博物館真正讓我感到興奮的，不是這些粗製濫造的模型，而是每一尊展覽品底下的標牌，牌子上清清楚楚地寫著他們的名字。沒錯，他們不是電影裡虛構的妖怪，他們每一個都是真人。雖然這裡只放著他們的塑像，可是，他們曾經被記錄在人類的歷史上。有的也許還活著，有的也許去世了；有的住在美國的某一州，有的住在南太平洋小島上，或是地球的某一處角落。

我看得太入迷，不知不覺間放開了妹妹的手，她立刻把另一隻手也用來遮住眼睛。這個浪費了五十塊錢的笨蛋！

走到展區的盡頭，出現了一道木造旋轉樓梯，指標寫著通往二樓展示區。我很期待在樓上能看到更令人驚奇的展覽品。

上樓前，我回頭一看，沒想到，妹妹竟然溜走了，她從原路逃出了博物館。無所謂，我不需要她了，反而更能享受獨占這裡的滋味。閒雜人等最好別進來！只有我，才懂得欣賞這些異類，跟這些怪物共處一室，比跟那群同學來得有趣多了。

扶著護欄，在嘎嘎作響的木頭聲中，我漫步走上二樓。這一層的天花板較低，展區內陳設著一排排木架，架上擺放著許許多多大型的玻璃瓶，瓶內注入油黃色的福馬林液，以收藏各種珍奇的動物標本。

從大蟒蛇、食人魚、猩猩大腦、巨型烏賊……我一瓶瓶地瀏覽著，牠們是很稀奇，也更真實，可是，沒帶給我在一樓時的感動。

直到我看見了擺在最後的那一罐標本。

玻璃瓶中，竟塞著一個畸形的嬰兒，他的眼睛向外突出，前額分裂成兩半，脊椎末端還長著一條尾巴。

那一幕景象給我的震撼，遠遠超乎了一個小學生所能承受的極限。因為，那不是人，而是一隻像人的怪物。更駭人的是，那隻怪物的臉孔，竟長得跟我一模一樣。

儘管牠只是嬰兒，長相也不正常，但那張臉就是我沒錯。那是一種無法形容的感覺，彷彿心靈深處的記憶被喚醒了過來。

驚慌中，我低頭看向標牌。「維克托」，牌子上寫的是牠的名字，出生於一九四五年，誕生地為史特拉斯堡，一出生就是畸形兒，存活約四十天後死亡，死後被製作成標本。

真是不可思議！為什麼遠在我出生以前，一個我聽都沒聽說過的地方，會生出一個跟我這麼相似的怪嬰？

我幾乎把臉貼在玻璃罐上，仔仔細細地觀察著「維克托」。牠的表情栩栩如生，眼珠子突然轉了一下，我嚇得倒退了一步。剛剛……牠是在盯著我看嗎？牠應該死了才對。可是，我忍不住又想，如果牠還活著，如果牠長大了，那會是多麼酷的怪物呀！

就在那一瞬間，我的心中升起一股強烈的既視感……

我來過這裡！

我看過牠！

或者說，我在夢裡預見過，我站在這瓶標本罐前，與瓶中的怪嬰互相對望。好熟悉的畫面啊！

這絕對不是什麼偶然，然而，我年紀太小，還無法解釋這一切。

就這樣，「珍奇博物館」的冒險，以及與「維克托」的會面，從那天起，就深深地烙印在我的腦海裡。

我知道，未來將有一天，我會找到答案。

從小學、國中，一直到就讀高中以來，我茫然地過著每一天。在這些年裡，沒再遇過跟那次校外教學一樣刺激的事。

於是，我覺得活著很無聊，不管做什麼事，都沒有任何感覺，常被別人說我的臉很臭，看起來悶悶不樂的。大人們說，我這種狀況就叫作「青春期」。

青春期不是我專有的特權，每個人都必須經歷，這就像是你昨天玩樂了一整天，今天老師卻忽然宣布等一下要期末考。很多人都會跟我一樣，充滿了憂鬱、抱怨、憤恨、絕望……但大人並不明白，我們到底在不爽些什麼。

其實，道理很簡單。每位青少年在這段時期，生理上正產生重大的轉變，明明你還是你，但悄悄地，在你自己都沒察覺之間，你已經變了一個人。我們心中的不安與徬徨，皆來自於此。反過來說，如果你夠聰明，就會試著去思考，最後，你的腦海裡，將會浮現出人類亙古以來最困惑的一個問題：

我到底是誰？而我為什麼存在？

是呀！我跟別人有什麼不同？長著普通的樣貌，出身在平凡的家庭，一活到被設定好的年齡，再送去被規定好的學校。

所謂的國民教育，根本是一整套死板的體制，從我上國中後就有這種感覺。學校就好像是一座工廠一樣，我們是一批又一批的原料，穿過輸送帶，製造成同一個模子刻出來的國中生，接著，還要再送我們到高中，繼續加工。

我不要這樣！

我不要當工廠生產出來的人類！

為什麼我不能是一隻畸形的怪胎？

終於有一天，在我們學校的生物教室裡，發生了那一起可怕的意外。我相信，那就是命運之神給我的啟示。

我們班上有個叫作姚艾莉的女生，皮膚很白，大眼睛又黑又亮，是個人見人愛的美少女。當她被老師誇獎時，面露驕傲表情的模樣，簡直就是奇幻小說裡跑出來的公主。

艾莉的周遭總是圍繞著男生們，一開始大概有十來個，沒多久，變成六、七個，再遞減成三、四個。這現象跟艾莉本身的魅力無關，也不是她做錯了什麼事，而是那群男生們彼此互相排擠對方，只為了成為她身邊唯一的騎士。

淘汰賽進行到最後，剩下兩個人，簡稱為金剛與諾貝爾，這是他們的綽號。這兩個男生的競爭愈來愈白熱化，只要是跟艾莉有關的事物，他們都要爭。中午吃便當時，爭的是跟她同桌的位子；上體育課打球時，爭的是跟她分在同一個隊伍；放學回家時，爭的是護送她到家門口的權利，但爭來爭去，還是爭不出勝負。

這一天，我們在生物教室裡上課，在這一堂課中，老師要教我們解剖青蛙。理所當然，艾莉、金剛與諾貝爾三人又是同一組。本來，我一點兒也不在意艾莉，只專注地盯著我面前那隻待宰的青蛙。無意間，我瞥見隔壁桌的艾莉，她看青蛙的眼神，也跟我一樣閃閃發亮。沒想到，我跟這位公主也會有共通點？

顯然金剛與諾貝爾完全不懂艾莉是個怎樣的女孩，他們只愛她的外表。兩人又在課堂上爭了起來，他們都搶著要拿那把解剖刀，想要在公主的面前逞英雄。

兩名血氣衝腦的男生同時抓住了解剖刀，誰也不肯放手。兩人互相推撞對方，金剛的腳不慎勾起椅子，重心一時失去平衡，就拖著諾貝爾往外猛力一摔。

那起慘劇發生得很突然，緊握在兩男手中的解剖刀，在半空中劃過了一道弧線，銳利的刀鋒瞬間掃過了艾莉的右手掌。在巨大的聲響中，金剛與諾貝爾雙雙跌倒在地。

艾莉愣愣地望著自己的手掌……為什麼只有四根手指？食指不見了！她的手指被切斷了！她這才意會到發生了什麼事，淒厲的尖叫聲穿透了整間教室。

旁邊的學生都被艾莉嚇壞了，而我，看著她痛苦而歪曲的臉龐，卻從腳底竄升出一股莫名的快感，好比用指甲猛抓皮下的癢處，抓得破皮見血，從痛苦中抓出了滿足。

教室陷入了一片恐慌之中，學生們全不知所措，幸虧老師上前為艾莉急救，用毛巾包紮住她受傷的手，同時喝令同學們打電話叫救護車。他一邊攙扶著艾莉，一邊往校門口移動，並吩咐其他同學尋找被切下來的斷指。

這場騷動成了學校最熱門的大事件，在校方、家長及師生之間，沸沸揚揚地吵了好一陣子。被送往醫院治療的艾莉，住院將近一個月，嚴重的不是手傷，而是驚嚇過度的心靈，很多同學都去探望過她。

至於闖禍的金剛與諾貝爾呢？聽說，他們在警察局做筆錄的時候，兩人臉色發白，嘴唇發紫，像極了電影裡的喪屍。

之後，艾莉的身邊再也看不到他們的身影。

然而，無論大家怎麼找，都沒有找到艾莉的食指。錯失了接回斷指的黃金時間，只好宣告放棄搜尋。

找不到是當然的，因為，沒有人會想到，艾莉的食指就放在我的口袋裡。

那天放學後，我沒有馬上回家，而是偷偷搭車去台北，在一間化工行買了福馬林，以及裝標本的玻璃罐，謊稱是學校做生物實驗要用的。結果，搞到晚上九點才抵達家門口。

不顧被我老媽唸了一頓，我迅速逃回房間，剛跑過走廊，差點撞到了從浴室裡走出來的妹妹。我們近距離互望了一眼，不用照鏡子，我也知道自己一臉心虛，一副怕被人揭穿祕密的樣子。

妹妹一句話也沒說，也沒多看我一眼，赤著腳走回她的房間。

在青春期汪洋飄浮的我，好久不曾仔細觀察過妹妹。她不再是那個膽小的臭丫頭，正值發育的胸部已然隆起，洗過澡的身上散發出濃郁的香味。

可是，妹妹看我的眼神，宛如讓我又重回了珍奇博物館中，那個被我拖著走的妹妹。從她遮臉的手指指縫間，我確定她看到了那一尊尊怪物，就跟現在她看著我的眼神一樣。

我衝進房間，鎖上房門，將買來的防腐用具擺在桌上。接著，小心翼翼地拿出包在手帕裡的斷指，將玻璃瓶裡注入滿滿的福馬林，再放入斷指浸泡，便完成了我的第一個收藏品。

在瓶身貼上標牌，我把它取名為「公主的食指」，並詳細描述著艾莉的本名、出生年月日，以及手指被切下的日期。

打開檯燈，在六十瓦燈泡的光線下，我透過玻璃，凝視著那根白白細細的食指，在福馬林溶液裡載浮載沉，心裡感覺到前所未有的寧靜。

我終於證明了，我跟大家不一樣！

在我彎下腰、撿起艾莉斷指的那一刻，我就做出了人生中最重要的抉擇。我不要當一個庸俗盲從的人！

我想成為怪物！

自從我有了收藏品以後，我不再懷疑自己了。每一天的生活都充實而愉快，連在學校的日子，也變得有趣起來了。

艾莉的美貌依舊，只不過，內心多了一絲自卑，失去昔日傲嬌的神采。

那是不對的！艾莉，你應該高興才對，應該更為自己驕傲。現在的你，真正異於常人了。是我改變了你！

是的，你的靈魂扭曲了，跟我的一樣。所以，我們應該手牽著手一起長大，長成一隻茁壯的怪物，就像維克托那樣，散發出超脫俗世的畸形美，而不是長成一個天天有如行屍走肉的大人，在日漸沉淪的社會裡等著腐敗。

很遺憾，艾莉聽不到我的心聲。最終，無法接受同學異樣眼光的她，出院不到一個禮拜就辦理轉學了。

艾莉在學校的最後一天，我整天都在暗中守護著她。放學以後，我悄悄地跟在她的後頭，一路尾隨到無人的巷口。

我刻意往前跑，跑到超過艾莉的前方，立刻停下，轉身面對她，這舉動讓她吃了一驚。

「……再見，艾莉。」

我揮了揮手，眼睛泛著淚光。這是我第一次，也是最後一次跟她說話。

艾莉一臉錯愕，她微微舉起右手，輕輕地揮舞在這尷尬的空氣中，然後，快步與我擦身而過，愈走愈遠。

當我看到她殘缺的手掌，剎那間，我彷彿看見了，藏在房間床底下的那只玻璃罐，那根如白玉般無瑕的食指，正在琥珀色的液體裡扭動著。

洪家兄妹的過去

這一夜，孟黛華徹夜難眠。

晚間新聞的頭條，就是金柏森檢察官召開記者會，公布倒吊蓮山上的死者身分是洪旋志的妹妹洪瑋茹。不出所料，輿論的聲浪一面倒，媒體也不停地散播著撻伐凶手的言論。

然而，在孟黛華的心中，仍存在著人性本善的念頭。

她始終相信，沒有人天生就是惡魔，沒有人本性就喜歡殺人，每個殺人魔的背後一定有祕密，就算是為了一點點平凡無奇的小事，也可能扭曲一個人的人格。因此她認為，洪旋志殺死妹妹，一定也有他的理由。

在找出真相之前，她不會放棄任何一條寶貴的生命，就算他是十惡不赦的死刑犯。

孟黛華重新振作，決定繼續追查這件案子。第一步，就是點開手機上的通訊錄，聯絡有意訪問她的女記者。如果，她沒記錯的話，她是東方新聞台的記者，叫作貝琪，當初有加她的 Line 是正確的。

她毫不猶豫地在 Line 上敲了敲貝琪，打字道：「我同意接受你的專訪，不過，可以跟你交換一個條件嗎？」

對方很快地有了回應。「請說，什麼條件？」

「你今天應該會去追洪瑋茹的命案，對吧？我想跟你一起去採訪。」孟黛華不讓記者有白吃的午餐，她要反過來，利用記者的資源，設法查出這起案件的幕後真相。

貝琪被孟黛華反將了一軍，語氣顯然有些猶豫：「……我可能要問一下總監。」

孟黛華心知，這只是推託之詞，主動釋出善意：「你放心，我不會給你們添麻煩的。就這麼一次，我保證，之後我隨你們愛怎麼訪問，就怎麼訪問，而且，我只給你們獨家，拜託嘛！」

「那……好吧！我們怎麼約？」

抓準了媒體嗜血的特性，以及記者急於力求表現的心態，孟黛華成功說服了貝琪，兩人便約定好碰面的時間。

隔天一大早，孟黛華在東區捷運站的出口與貝琪會合，並坐上由攝影師阿麥駕駛的車子，他們先在車上討論本日的採訪行程。

貝琪說明現在的狀況：「洪旋志的案子，本來該報導的差不多都報過了，沒想到，現在又冒出了案外案，而且，還是弒親的人倫慘劇。各台的社會記者今天都總動員了，不過，接下來就各憑本事了，我們一定要搶得先機！」

「所以，我們要去哪裡採訪？你有想法了嗎？」

「依我看，我的同行們會先去洪旋志的住所，自從父母去世後，只剩下他和妹妹同住在那棟公寓裡。案發後，記者常去採訪附近的鄰居，問到後來，別說當地的住戶，連我自己都有點煩了。」

孟黛華提出建議：「我們不應該再去追洪旋志，而是要去追溯洪瑋茹的過去。」

「嗯，有道理。之前聽說她離開家以後，就跑去跟男人同居，所以，就沒有再繼續追下去。想不到，魔鬼就藏在細節裡，誰也沒料到，她竟然是被自己的哥哥殺害。可是，我們怎麼知道，洪瑋茹到底是何時失蹤的呢？」

「洪瑋茹就讀星美高中，不是嗎？我們就先去學校調查看看，如何？」

星美高中是一所私立女子高校，就位於木柵區，車程並不遠。在前往學校的路上，孟黛華與貝琪聊起洪旋志的案情，聊著聊著，話題帶到了金柏森的身上。

「你有聽過關於金檢的八卦嗎？」

「什麼八卦？」孟黛華一愣，她有點想知道，可是，又忍不住想，他的八卦跟自己有什麼關係？

「你是『白色之聲』的人，應該知道很有名的詹心蕙命案吧？」

孟黛華點點頭，那是發生在多年前的一起殺人慘案。一名原住民的獵人在山區發現一具女屍，警方查出她叫作詹心蕙，是一名國小教師，案件一度引發社會的關注。後來，警方鎖定一名叫作郭耀才的嫌犯，對方有多次強暴的前科，雖然這起命案的相關證據薄弱，但最後在檢方的強勢指控下，他還是被判處死刑。然而，在執行前，郭耀才在獄中自殺，有人說是畏罪自殺，也有人說是含冤而死，這案子在當年喧騰了好一陣子。

「那時，我還在讀高中呢！不過，我知道，『白色之聲』曾想為他翻案，可惜沒有結果。難道說，金柏森就是這案子的檢察官？」

「嗯，聽說，這是他主動要求偵辦的大案子，也因為這個案子，讓他的評價兩極。很多人稱讚他是英雄，但對你們廢死團體來說，他是不折不扣的大反派。」

「你說的八卦是指什麼？」

「別看他一副鐵面無私的樣子，以前，有位前輩告訴我，他私下發給記者獨家，條件就是要把嫌犯的犯罪細節寫得愈煽情愈好，好製造輿論的壓力。」

「你是說，他想用輿論來逼法官判死刑？」

「這只是傳聞而已，反正，大家都討厭殺人犯。可是，依我對他的了解，他是個為達目的、不擇手段的檢察官。你要當心！」

「沒差，我本來就不喜歡他了。」

抵達星美高中後，貝琪向校方亮出電視台記者的身分，雙方經過一番交涉，校方才同意讓她們進來採訪。看來，她們是第一個來的媒體單位，真是個搶獨家的大好機會。

更幸運的是，校方還為她們找來了當年洪瑋茹班上的導師，一個年約五十歲的陳姓男老師。他聽說有記者來訪，也了解對方的來意，又見到貝琪與孟黛華兩張年輕討喜的臉蛋，不僅願意接受訪問，還熱心地拉來另一位年輕的女老師。只是看她的年紀，不像是當年有教過洪瑋茹的樣子。

孟黛華與貝琪互望了一眼，有些納悶。陳老師主動解釋道：「這位張景蘭老師以前是我的學生，她正好就是洪瑋茹班上的同學，你們有問題儘管問她。」

「真的嗎？太好了！請問，張老師，你跟洪瑋茹熟嗎？」貝琪不改記者的本性，立馬啟動了錄音筆記錄。

張景蘭點了點頭，娓娓道來。

「沒想到，瑋茹竟然被殺死了。我聽了真的好難過……我跟瑋茹以前是滿要好的朋友。當然，瑋茹的朋友很多，應該說，那樣漂亮的女孩，不論是男生還是女生都想跟她做朋友。除了我之外，她比較好的朋友還有楊千亞、林書芸等等，但畢業以後，大家都沒怎麼聯絡了。自由的大學生活，一下子就讓你忘記那些同學。當初，約定好彼此要互相寄賀年卡的，可是，最後一個人也沒有寄。」

聽起來，洪瑋茹的形象與洪旋志顯然完全相反，她不但長得美，還受到眾人的喜愛，更是學校裡的人氣寵兒。

陳老師拿出了一張張當年班上的照片，的確，洪瑋茹是令人眼睛為之一亮的美少女。如果，她現在還活著，應該也會被封為宅男女神之類的外號吧！

「那她有跟你們提起過她哥哥的事嗎？」貝琪邊將資料照片拍照，邊詢問道。

「嗯，瑋茹和她哥哥住在同一個屋簷下，但她常說，她哥總是在監視她，想要控制她的一舉一動。」

貝琪聞到八卦的氣味了，連忙追問：「她有說為什麼嗎？」

「瑋茹跟我抱怨說，她哥是一個變態。」

孟黛華聽到變態一詞，也不免倒吸了一口涼氣。

「瑋茹曾經看過，她哥哥活活打死了一隻流浪狗……」張景蘭的話還沒說完，就被義憤填膺的貝琪打斷：「太可惡了！這種人渣，應該要下十八層地獄！」在像貝琪這種愛狗人士的眼中，殺狗比殺人更不可原諒。

孟黛華忽然想起洪瑋茹的傳聞，提出她的困惑：「為什麼之前有人說，她跟男人跑了？到底那個男人是誰？她有男朋友嗎？」

張景蘭歪著頭想了一會兒。「這件事我不太清楚，可能是發生在高中畢業之後吧？很多同學也聊過這個傳聞，就是沒人知道瑋茹是跟誰私奔。是有很多男生在追她，也有不少她的仰慕者，可是，這些緋聞對象都跳出來澄清，強調不是他們拐跑瑋茹的，最後，也不了了之。」

貝琪得到了她想要的八卦，例如：洪瑋茹是正妹，交往關係複雜，還有她的妹妹淘作證。採訪一結束，她便著手做一篇關於洪瑋茹的獨家報導。

而對孟黛華來說，所能得到的情報有限，她想要知道更多的故事。

和貝琪分道揚鑣後，孟黛華買了晚餐回家吃。她一邊吃，一邊看電視，果然，貝琪採訪的新聞很快就出現了。一如所料，新聞中替洪瑋茹貼上了正妹的標籤，渲染起她的私生活，以及痛批洪旋志是個變態，觀眾肯定看得很過癮。

孟黛華心想，貝琪真是炒作八卦的專家，阿政與其追她，還不如去追貝琪，他們倆倒是天生一對。也許，下次可以介紹他們彼此認識一下。

不急著關電視，她繼續看下去，想看看媒體能怎麼摧毀一個人。晚上九點鐘以後，各台的名嘴也忙著在辦案，他們的推理幾乎一致，情節大同小異，不外乎是占有欲強的洪旋志，抓到了妹妹想跟男人私奔，所以，一怒之下宰了她，埋屍在山上。

總之，截至目前為止，種種的傳聞與事證都對洪旋志十分不利。

無所謂，什麼風向跟輿論都只是一時的，一旦她找出真相，媒體的報導就會瞬間逆轉，到時，她就能狠狠地打臉金柏森。為了爭一口氣，她非要把這個案子查個水落石出不可。

孟黛華關掉了電視，媒體一窩蜂的報導已模糊了焦點，沒什麼參考的價值，實在沒必要再繼續跟著他們的屁股後面走。

她打開筆電，開始上網搜集情報。也許她運氣好，有某位鍵盤柯南可以帶給她全新的觀點與線索。

「有誰知道洪瑋茹高中生活的八卦？」

她在ＰＴＴ八卦版上撒下魚鉤後，接下來，就是等待著哪位神人能出現了。洪旋志弒親案的熱度持續發燒，版上全是關於此案的討論與八卦，雖然陸續都有路過的鄉民回應，不過，都不是有用的情報，要嘛就是流於發洩情緒的謾罵痛批，要嘛就是胡思亂想的瞎扯聊天。

反正閒閒無事，就姑且讓討論串放著發酵，而她自己則在網路上搜尋著類似的關鍵字，偶爾再回過頭來看看網友們天馬行空地討論案情。

看累了，孟黛華索性就躺在床上，就在這時，手機響起訊息聲。

現在這麼晚了，應該不會有人選在這時候打來吧……八成是貝琪要提醒她做專訪的事吧？只有白目的記者才會不挑時間打來。

孟黛華嘆了一口氣，既然跟對方承諾了，就算是討厭的事情還是得做，但也不必急於一時吧，等改天心情比較好的時候再來訪問吧！

她滑開手機，正想跟貝琪改約別天，沒想到，她看到一個匿名者的訊息。是誰呢？很陌生的代號。

為了工作方便，她給過很多人 Line 的帳號，很可能是被有心人士拿去濫用了吧！孟黛華本想封鎖對方，然而，那人的訊息就像香餌一般，她上鉤了。

「你想救洪旋志一命嗎？」

無庸置疑，這人肯定是衝著她來的沒錯。只是，對方是敵是友？

她猶豫了一下，怕被對方留下什麼把柄，她謹慎地回著訊息：「我沒那個能耐，你有嗎？」

對方似乎早就打好了訊息，一秒後立刻回應。

孟黛華看到情報，眼睛一亮，那是一條很明確的線索。她暗自思忖著，看起來，沒什麼風險，頂多是去了，沒查到結果罷了，她不會有什麼損失。

讓她猶豫的，是這位匿名者的身分。

「你究竟是誰？跟洪旋志有什麼關係？」她追問起對方的身分。

手機的那一頭有了回應：「我站在廢死團體的這一邊，是你的盟友。廢死才是普世價值。」

孟黛華感覺到，這個匿名者並不是什麼好人，但如今，她只能仰賴著他的情報。金柏森雖然討厭，至少，他是站在正義的那一方。假如，匿名者是她的盟友，難道說，她是站在壞人的這一方嗎？

真是令人不愉快的想法！她拚命揮開腦中的自我價值批判，現在，可沒有多餘的時間能浪費了，她拋開猶豫，在手機上打出了回應。

「如果，你是我的盟友，那你能提供給我什麼幫助？」

手機螢幕發出的光芒，刺激著孟黛華的眼睛，讓她自以為看見了一線曙光。

市區巷弄裡，有一間不起眼的平價涮涮鍋店，孟黛華一大早就站在店門口，明知還不到營業時間，她卻等不及了。這並不是什麼排隊名店，她也一點兒都不餓，而是這家店藏著她想要的線索。

透過落地窗往裡頭一看，餐盤還凌亂地散落在桌面上，菜單架被收在櫃檯旁邊，只是不見人影。就在這時，一輛冷凍食品車停在門前，送貨員下車後，搬起一箱牛肉，直接推門走入店中。孟黛華見機不可失，偷偷尾隨著他的腳步。

「老闆，貨就放在這裡了。」送貨員剛放下箱子，便有一名穿著白廚師袍的師傅從廚房裡走出來，他正要點收食材，意外瞥見孟黛華的出現。

「小姐，有什麼事嗎？」

「我要找人。」

「找誰？」

「蘇子青。」

「我就是。我認識你嗎？」

「不認識。不過，你應該認識洪瑋茹吧？」孟黛華脫口而出，說出了那個關鍵字。

蘇子青的臉色當場發青，態度不變。「我什麼都不知道，請你離開！」

「明志高中三年五班蘇子青，十二年前，在你們班與星美高中的一場聯誼中，你認識了洪瑋茹。後來，你們便開始交往……」

「我不曉得你在說什麼！出去！」

氣急敗壞的蘇子青下了逐客令，孟黛華卻一動也不動，反而仔細端詳著他的表情。隱約還看得出來，這人的五官俊秀，在十年前應該是個迷人的小帥哥，可以把小女生迷得團團轉，然而，如今他卻是一副不修邊幅的頹廢模樣，顯然已從人生勝利組中脫隊。

為了不讓蘇子青再逃避下去，孟黛華的語氣轉為恫嚇。「其實，你不承認也沒有關係。只要我上網發文，號召網友們來肉搜，就能證明你是不是洪瑋茹的男友了。」

「我叫你出去！這裡不歡迎你！」蘇子青依然頑強，硬是拉起孟黛華的手臂，把她轟出店外。

當蘇子青正要關上店門時，孟黛華亮出了王牌，她將手機舉起，秀出螢幕上的一張照片，那是蘇子青與洪瑋茹親密挽著手的合照。

「那我就用這張照片在ＦＢ上打卡囉！我保證，今天火鍋店的生意一定很熱鬧，不用謝我了。」

孟黛華故意大動作地操作著手機，假裝要打卡，蘇子青見狀，連忙上前制止。

「……算我怕了你，拜託你住手，好嗎？」

「那就請我進去坐吧！我並不想炒新聞，我只是想知道真相。」

蘇子青終於屈服了，他帶孟黛華回到店裡，拉了張椅子請對方就座。

「就如你說的，我跟瑋茹交往過，既然你都知道了，你還想問什麼？」

「我想知道，當年，你和洪瑋茹私奔的經過。」

蘇子青沉默了好一會兒，這才吐露出那段往事。「那一年，她說想遠離她哥，要我帶她私奔，我拗不過她的請求……你要知道，她那雙迷人的桃花眼盯著你看，任誰也不忍心拒絕。所以，我想也不想就答應了她。」

「你們真的私奔了嗎？」

「怎麼可能？那只是一時衝動！拜託，當年，我才剛滿十八歲耶！哪可能帶著一個高中生私奔？」

「那是發生在什麼時候的事？」

「就是瑋茹高中畢業典禮的那一天，我們約好在碧潭附近碰面。」

「所以，你並沒有赴約？放她鴿子了？」

「我以為，她只是嘴上說說、抱怨一下而已，沒想到，她卻認真了……後來，我就沒再見到她了。」留意到孟黛華的眼神，蘇子青特別聲明：「別用那種眼神看我！她那麼花，搞不好，她同時要求過很多男生，我只是其中一個。」

「你還知道她有其他的曖昧對象嗎？」

「像他們班上風紀股長的堂哥，還有我隔壁班一個叫陳立華的傢伙，好像都跟她有曖昧，大家都這麼傳。」

「那她本人有承認和他們的關係嗎？」

「那倒沒有，可就算有曖昧，也不會認的吧。從畢業典禮那天之後，她就不見了。我想說，也許，她是跟他們其中的一個人跑了。」

孟黛華歪著頭想了一會兒，看對方說話的態度，並不像是在說謊。她將話鋒一轉，轉問道：「關於她哥哥……就是洪旋志的事，你知道多少？」

「我有一次約她出去看電影，在他們家樓下有遇過她哥……他的模樣真的很嚇人，我都不敢跟他的眼神交會。」

「你覺得，他是會殺死妹妹的人嗎？」

「我看了新聞，大家都說是她哥殺了她。我在想，如果，當時是我帶著她私奔，會不會也被她哥殺了？」蘇子青說著說著，流露出恐懼的神情。「我希望，他趕快死掉！」

孟黛華離開前，蘇子青不忘交代：「拜託，我的事情……你千萬不要告訴別人！我不想曝光！」

回程的路上，孟黛華對蘇子青臉上的驚嚇表情印象深刻，他是打從內心害怕被洪旋志殺死。

洪旋志曾經殺死過一個學生。當時，他挑中一所大學宿舍，趁放暑假的時候闖入竊占，卻碰上一名大二的學生林志隆，他就這樣將對方勒死。他跟死者沒什麼仇恨，純粹就是那個學生倒楣，不幸遇上了死神而已。之後，林志隆與其他的被害者一樣，被棄屍在宿舍中。

這是洪旋志犯下的第二起殺人案。不，以目前最新的案情來說，應該是第三起才對。

她不禁想，如果，換作是她跟他共處一室呢？她能夠逃出他的毒手嗎？假設歸假設，並沒有動搖她的信念，終究，這與她的廢死理念沒有關係。每個人都必須為他所犯下的錯誤付出代價，殺人絕對有罪，但是否該判死刑，又是另一件事，這跟她的理念並不衝突。

把孟黛華的思緒拉回現實的，是一聲鋁罐碰撞的雜音。她回頭望了一眼，並沒有看見任何人經過。她繼續往前走著，忽然，聽到了背後傳來沉穩的腳步聲，時而停下，時而跟上。

她被人跟蹤了！

孟黛華有所警覺，她加快腳步，想找機會甩開跟蹤者。

會是狗仔隊嗎？他們一定是想要偷拍她，接著，再踢爆她的私生活，徹底毀掉她的形象。那些惡質的媒體都是用這種爛招！

她企圖將對方誘到暗巷中，要揭開他的真面目，腦海裡已經有好幾套義正詞嚴痛批對方的版本了。

她猛一轉身回頭，背光中，一道人影站在巷口。

就在這一瞬間，孟黛華的心念一動，她好像猜到那個人是誰。她按下了手機，隨即那人影的身上傳來了 Line 的訊息聲響。果然，對方就是那個神祕的匿名者。

「別裝神弄鬼的，你到底是誰？」

下一秒鐘，人影一閃而逝，在她的眼前消失無蹤。

死刑犯脫逃

從警車的後照鏡上，金柏森監看著後座的洪旋志。手銬與腳鐐牢牢地拴住了這名死刑犯，一路上，他都沒吭過一聲。金柏森很熟悉這個男人，不管是他的家庭背景、求學經歷，甚至是殺人犯行。兩年來，他們曾多次在法庭交手，可是，一次也沒有正常地交談過。

金柏森很清楚，沉默寡言只是他的偽裝，這個殺人魔的心思異常深沉，無從捉摸，所以，警方花了很久時間才抓到他。

洪旋志開始受到大眾關注，是因為四年前的那一起夫妻雙屍命案。死者分別叫作曹金禾與陳依婷，兩人新婚還不到兩個月，住在汐止的一處公寓，丈夫任職於科技公司，妻子則是家庭主婦。某一天傍晚，洪旋志闖入家中，被陳依婷撞見，當場控制了她的行動。

膽大妄為的洪旋志竟然沒有馬上離開，還等待著她的丈夫下班回來，再將兩人一併挾持。他囂張地在屋內過夜，直到隔天臨走前，才殺死了夫婦倆。

丈夫先在浴室遭到屠宰，凶手以水果刀割斷了他的喉嚨，妻子則一度試圖掙扎脫逃，卻在客廳內被拖了回來。從現場的痕跡來看，整個過程驚心動魄，但她終究還是死在凶手的刀下。

洪旋志的體格比外表看起來強壯，顯然是後天鍛鍊有素。他的殺人手法十分乾淨俐落，兩名被害人都是一刀斃命，那對夫妻對他來說，跟籠子裡的雞鴨沒什麼兩樣，下手毫不猶豫。

幸好，天網恢恢，洪旋志步出公寓、走上貨車的影像，被巷口的監視器拍到，這才鎖定了他的身分。後來，警方又查出，之前三重公寓的宅男命案，以及大學生宿舍命案這兩大懸案，也都有同一輛貨車出現，當然，洪旋志便成了頭號嫌犯。

於是，這名連續殺人魔就此浮出水面。網路上還傳出一個可怕的都市傳說，那一輛殺人魔的貨車就在北部遊蕩，車輪所駛過的地面，像是鋪出一條令人膽寒的死亡公路，而它所停泊之處，就會出現下一位犧牲者。

金柏森本來以為，抓到了洪旋志，種種散布恐慌的傳聞會慢慢被人淡忘，沒想到，洪瑋茹一案爆發後，媒體又開始大肆炒作，使得警界高層不得不重視這個案子。在長官的強烈要求下，檢方奉命要詳查此案的真相。

所以，就在這一天，金柏森提訊了洪旋志，並在警方的戒護下，帶他前往倒吊蓮山的現場，還原當年行凶的過程。

跟上次不同的是，此次行動並未洩露給記者，以免節外生枝，倒是多了一位菜鳥檢察官隨行，他名叫李文達，上級調他來協助金柏森，也順便累積實戰經驗。

警車由一名員警負責駕駛，金柏森坐在副座，後座則是洪旋志，而他的兩邊各坐著李文達與張翰。他們這輛車後，還有另一輛警車尾隨保護。

李文達用左手推了推黑框眼鏡，像在觀察稀有動物似的，一邊打量著身旁的洪旋志，一邊用右手滑動著平板電腦，瀏覽起洪瑋茹穿著高中制服的照片。

「洪旋志，你妹妹這麼可愛，你竟然還殺得下手？」

金柏森旁觀著菜鳥同事的白目行徑，想看看洪旋志會怎麼回應，只見洪旋志沉默了幾秒後，突然就舉起被銬住的雙手，讓眾人緊張了一下。結果，他只是指了指李文達手上的平板電腦。

「那個……可以借我看看嗎？」

李文達愣了一下，還真的把平板電腦遞給對方。洪旋志雙手捧著螢幕，看著照片中青春美麗的妹妹，嘴角不禁上揚，勾出一抹微妙的笑容。

看到洪旋志的表情，李文達不禁打了一個冷顫，他迅速搶回平板電腦，不想它被這個變態的手弄髒。

「媽的，你是不是人啊？竟然還笑得出來！」張翰揮出巴掌，拍了一下洪旋志的後腦勺。記者不在，這位警官的手腳居然變得粗魯起來。

金柏森看過不少毫無悔意的罪犯，他們不時會露出令人厭憎的邪笑，然而，洪旋志方才的那一抹笑容，並不屬於這一種。那是他第一次看到，這個殺人魔如此平凡的笑容，彷彿是看到了遺忘多年的親人而懷念起昔日時光。

不過，金柏森並不想把這個發現告訴其他人，畢竟，殺人魔不應該有這樣平凡的一面。

就在這時，洪旋志收起了笑容，忽然說道：「我……想起來了。」

「想起什麼？你妹妹的事嗎？」李文達問道。

「是的。我要告訴你們，命案的第一現場，不在倒吊蓮山上。」

「你現在才說！搞什麼鬼呀？」

「殺人現場在坪林山區的一間廢棄國小。」洪旋志不疾不徐地說道。「我……可以帶你們過去。」

這人說的話是真是假？他又在打什麼主意？金柏森沿途都在思索，這一起被隱藏了十年的殺人案，洪旋志自白的動機為何？身為檢察官的他，可不是那位捍衛廢死的天真小女生，他不信什麼死前懺悔的那一套，他只知道，自己面對的是極度凶殘狡猾的罪犯。

一般人不敢殺人，是因為跨越不了道德與人性的界線，而對於洪旋志來說，卻完全不是什麼障礙。他雖然學歷不高，社會地位低下，但如果把他丟在一個無法無天的國度裡，他的生存本能絕對遠遠地凌駕在那些菁英份子之上。

這樣的人在瀕臨死亡危機時，他會怎麼辦？

金柏森腦海裡歸納出來的推理逐漸成形，打從一開始，洪旋志就在操弄著廢死團體，孟黛華也只是他的一顆棋子。

這個死刑犯的目的只有一個——他想要逃獄。

兩輛警車駛離了北宜公路，在洪旋志的指引下，改道轉往坪林一帶的偏僻山區。

「停車！」洪旋志突然喊了一聲。員警聽到指令，本能就踩下煞車，警車猛烈停下，險些害後頭的那輛警車追撞上來。

金柏森往車窗外看出去，周遭只有一片荒山野嶺，連一間農舍也看不到。

「這裡什麼也沒有啊！」李文達質問道。

洪旋志的視線望向馬路旁的小徑。「從這裡走上去，有我爸媽的墓。」

「幹！我們是來陪你掃墓的嗎？」張翰用手肘頂了一下洪旋志。

「……這些年來，我從來沒有去墓前上過香，可以讓我去祭拜一下爸媽嗎？」

這就是你的計畫嗎？金柏森冷冷地看著洪旋志，此人想必很熟悉這一帶的環境，打算利用地形的優勢，找機會逃走。

李文達迅速地滑動著平板電腦，及時提供情報：「金檢，從地圖上來看，這裡的確是坪林的一處公墓。」

張翰看向金柏森，示意由他來做決定。金柏森當機立斷地說道：「法律不外乎人情，我會讓你盡這份孝心，不過，要等我們先去完現場，回程再讓你來祭拜。」

既然識破犯人的意圖，當然不能順著他的步調走，金柏森拉回主控權，也藉此打亂洪旋志的計謀。

警車重新發動，繼續往前走，約莫十五分鐘的車程，一行人終於抵達了目的地。

那是一間遷校多年、已成廢墟的國民小學，坐落在渺無人煙的深山裡，讓這棟校舍看起來格外陰森可怖。

校門被鐵鍊封死，警車只能停在外頭。金柏森一行人陸續下車，由兩名員警左右架著洪旋志，除了貼身戒護之外，也讓被銬上腳鐐的他方便行走。

亟欲表現的李文達搶著走在前頭，並要洪旋志跟在他的後面，好問出殺人現場的所在地。張翰負責押陣，金柏森命其他員警守在外面，自己則殿後進入校舍。

老舊的校舍全是木造建築，可見歷史十分悠久。雖然走廊上有一整排窗戶，可是窗外緊鄰山坡，光線不易照入，室內又斷了電，於是，眾人只能在昏暗中摸索前進。

不安的環境令金柏森提高了警覺，當他還在走廊勘查時，李文達等人的身影已消失在轉角。他正想叫他們走慢一點，就在這時，那一頭傳來了一聲巨響。

驚覺出狀況的金柏森，趕緊奔跑過去，一過轉角，竟發現前方的路居然不見了，一整塊地板塌陷了下來，走廊也裂出了一個巨大的黑洞。張翰呆若木雞地站在洞口處，而李文達與洪旋志都已不見了蹤影。

「金檢，他們……掉下去了！」

金柏森趴在坑洞的邊緣，拿出手電筒往下照。在一團漆黑裡，好不容易才照見了李文達狼狽的身影，只見一臉焦急的他跪在地上，似乎在找什麼東西。

「……我的 iPad……」

「不要管 iPad 了！李文達，犯人呢？」

「沒事！他在這裡！」

光束往聲音的方向一照，員警一隻手狂揮著，另一隻手則抓住身旁的洪旋志。

原來，走廊地板的底部連接的是校舍的地下室。這場意外來得突然，所幸，只是虛驚一場。

金柏森與張翰從原路折返，找到通往地下室的樓梯，順利與李文達等人會合。

「嗚……我的背好痛，應該傷到了，」李文達弓著上半身，整張臉幾乎皺成一團。

金柏森關心道：「其他人有受傷嗎？」

「我的腳……在流血。」

開口的人是洪旋志，他指指自己的左腳，腳掌疑似被木片刺傷，血流不止。

「去把車上的醫藥箱拿來。」金柏森指派一名員警說道。

洪旋志舉起雙手，搖了搖手銬。「先讓我止血，行嗎？」

一名員警想上前替他止血，被洪旋志揮開。「……我自己來。」

但洪旋志的手腳都被銬住，做任何動作都很不方便。旁觀的金柏森猶豫了一下，吩咐另一名員警道：「……解開他的手銬跟腳鐐，讓他自己止血。」員警依照指示，鬆開了洪旋志身上的刑具，讓他坐在階梯上。員警看他用手壓住傷口，想替他找塊布，瞥見一旁剛好有個雜物間，便走了過去。

而在不遠處，金柏森監看著洪旋志，並低聲對張翰說道：「仔細看著他！」

「怎麼說？」

「我總覺得，他有什麼詭計。」

「……你是說，這傢伙可能會逃跑？」

「死到臨頭的人，什麼事都做得出來。」

「我了，要是他敢跑……」張翰會意，拍了拍槍袋裡的手槍。「我會做我早該做的事。」

一向默契良好的檢警二人組，彼此心照不宣。

這是你最好的機會了，洪旋志！你的雙手雙腳都能夠自由活動，而現場看守你的警備也已經鬆懈，你就大膽地突圍吧！金柏森心想著，我們會毫不猶豫地制裁你，這是你自找的！

然而，時間一分一秒地過去，什麼情況也沒有發生。

員警送來了醫藥箱，在簡單治療完傷口後，洪旋志重新站了起來，開始活動一下筋骨，他轉頭看向金柏森。

「血止住了，上腳鐐吧！」

金柏森感覺到，無形中，有一巴掌打在他的臉上。這個傢伙又決定不逃了嗎？還是發現我們在防著他，明白自己沒有脫逃的勝算？

張翰對金柏森聳了聳肩，右手悄悄地從槍袋上移開。

員警拿著腳鐐上前，卻看到洪旋志的左腳腳掌連腳踝都纏著繃帶，不知該如何是好。

「上手銬就行了，走吧！」

在檢警的押解下，洪旋志繼續帶路。他走上校舍樓梯，來到三樓，在盡頭處的一間教室外頭停下。

金柏森抬起頭來，看見教室的外頭掛著一塊牌子，寫著：「生物教室」。

「就是這裡了嗎？」

張翰打開門，教室內空蕩蕩的，所有的桌椅與擺設全已撤走，率先映入眼簾的，是木頭地板的中央被塗了一個巨大的、黑紅色的同心圓。

但那不是塗鴉，它散發出一股腐臭血腥的味道，那種暗紅色也不是任何彩色顏料，像是一層又一層的血灑在地板上，逐漸染紅擴散，然後，再灑下新的血液，不斷地濺濕，反覆地凝乾。血紅的圓周愈來愈大，最後，畫成了這幕驚駭的圖案。

檢警一行人被眼前的景象所震懾住，即使是辦案多年的張翰，也未曾看過這種現場。他喃喃自語道：「這裡……到底是什麼地方？」

研究刑案多年，金柏森很快便意識到，這裡不是一般的命案現場，而是一處屠宰場。地板上的血跡，遠超過洪瑋茹所能流的血，不曉得有多少人曾在這兒遭到殘殺？

突然間，變故發生，洪旋志出其不意地撞開了員警，他像發了瘋似的往窗邊衝去。在所有人都措手不及之下，他整個人撞破了窗戶，從三樓直墜而下。

眾人都嚇傻了，金柏森第一個回過神來，他跑到窗邊一看，校舍旁邊有一座兩層樓高的鐵皮屋，洪旋志先是重重地摔在屋頂上，再順著斜度滾落，最後，在鬆軟的泥土地上著陸。

一時的大意讓洪旋志脫逃，金柏森既氣憤又懊惱，他的胸前激起一股衝動，猛然拔走了張翰的配槍。

「槍借我，我去抓他！」金柏森說完，深呼吸一口後，竟從窗戶縱身一躍，直接跳下樓去。

「金檢，危險啊！」

張翰來不及制止，金柏森已然摔在鐵皮屋頂上，他趁勢翻滾了一圈，成功著地後，又迅速爬起身子，看來是沒受傷。

金柏森朝校舍的三樓窗口揮了一下手，示意要他們前來支援，隨即自己便飛奔去追洪旋志。

就在地形險惡的山林間，展開了一場驚險的追逐戰。

死刑犯洪旋志穿越樹林，拚命地往前跑，儘管腳上的傷口再度撕裂，繃帶不停地滲出血來，但多虧這道傷，讓他換來了雙腳的自由，他一點兒都沒感覺到疼痛。

聽到了後頭傳來腳步聲，洪旋志回頭一看，山坡下出現了金柏森的身影，他有些訝異，這也意味著，他必須加快腳程，才能把這個死纏爛打的檢察官甩掉。

這一頭，金柏森苦追在後，不習慣在山區活動的他，跑得跌跌撞撞。偏偏洪旋志又不沿著路走，刻意在崎嶇不平的坡地中爬上爬下。

不過，金柏森始終沒有跟丟洪旋志，他的執著跟他的對手一樣頑強。

時間一久，優勢慢慢站到了金柏森的這一邊。

由於洪旋志雙手依然上了手銬，跑起來難免不夠順暢，再加上腳傷的拖累，他與金柏森的距離也愈拉愈近。

就在這時，洪旋志忽然轉變了逃亡的方向，他跑出了樹林，大剌剌地把自己的行蹤暴露在金柏森的視野內，更無法理解的是，他正朝山嶺上的斷崖而去。

洪旋志在崖前停下了腳步，看似已無路可逃。他背對著追趕而來的金柏森，讓對方無法看見他的表情。

金柏森雙手緊握著手槍，將槍口瞄準了洪旋志。

「站住！舉起手來！」

洪旋志緩緩地轉過身來，卻沒有投降的意思。

「我會開槍！把手舉起來！」

「你……不是想要我死嗎？」

洪旋志道出了檢察官的真心話，讓金柏森不禁愣了一下。

「我死在這兒就可以了。」

「你在說什麼？你逃跑，不就是因為不想死嗎？」

「我妹妹……死在這座山上，她的靈魂在這裡。」洪旋志仰起頭來，眺望著遠處的山巒，自顧自地說道：「只要我從崖上跳下去，就能跟她永遠在一起了。」

「你以為，這樣就算是贖罪嗎？」

「那不關你的事，而且，你也不在乎。反正，我會死，而你只要收屍就行了。我的靈魂……終究會得到自由。」

金柏森的心中動搖了，接下來，他什麼都不用做，洪旋志就會自我了結，不需要經過三審，也不需要簽死刑批准令，這件案子將畫上句點，不算完美，但有效率。

往懸崖下看去，至少離地面有五、六十公尺高，崖底是乾涸的河床，尖石裸露，這不是在拍電影，一掉下去，絕對不可能活命。

金柏森沒做出任何承諾，也沒有扣下扳機，他只需要靜靜地看著，讓這個殺人魔自己走向這座天然的處刑台。

就在懸崖的邊緣，洪旋志的雙膝一落，跪在地上，眼神凝視著蒼茫的天際，吐露出對妹妹的自白。

「……瑋茹，哥其實很愛你。」

洪旋志說完，又站起身來，這一次，他轉身面對金柏森。

「我知道你的祕密，」洪旋志突然語出驚人。「你殺錯了人！你明知道郭耀才是無辜的，卻還是判他死刑。其實，殺死那個女老師的凶手，另有其人。」

金柏森一震，下一瞬間，他忽然感覺到後腦一陣劇痛，接著，眼前一黑，身體的重心失去平衡，整個人倒了下來。

他被偷襲了！失去意識前，他勉強撐開眼皮，隱隱約約地看到一道模糊的人影站在他的身後……

維克托的獨白之二

在高二的那一年，我媽去世了。

簡陋卻省錢的葬禮辦完以後，我拿到了一罈剛燒好的骨灰。身為長子的我，最後的任務就是捧著它，接著擺進公家的靈骨塔位裡。

「以後，媽就要住在這兒了。」妹妹雙手合掌，對著骨灰罈說道：「……媽，我們不能再每天陪著您了。」

我的態度有點冷漠，說道：「拜託！這不是媽，她根本不在這裡！」

「不然，媽在哪兒？」

「誰知道？」我不能承認這個問題把我考倒了，只好打發妹妹道：「你不會自己上網查喔！」

結果，真正上網查的人是我。因為，我也很好奇，一個人死了以後，究竟會去哪裡？

就連科學也不敢斷定，沒有靈魂這種東西，它被歸類在超自然的範疇裡。關於死後的世界，在我瀏覽了網路上的種種理論後，發現不同的宗教根據教義都有各自的解釋，而讓我眼睛為之一亮的是，佛教裡的「輪迴」之說。

所謂的「輪迴」，就是當一個人的肉體死亡時，他的靈魂會進入另一個新生命的肉體上，重新來過。等到這個肉體又死了，就再換一個全新的肉體，生生死死就像車輪一樣，不停地旋轉、無限地重生。

於是，我恍然大悟，小學時，我在「珍奇博物館」的那個疑問，終於獲得了解答。

的確，標本罐裡的「維克托」已經死了，但在牠死後的某個時空、某個國度、某座城市的某個人，都可能是輪迴後的牠。

我……很可能就是「維克托」……不！我一定是牠沒錯，我堅決地相信著。

事實上，不只是我，世界上的每一個人，都可能是另一個人或是另一種動物的轉世。

好比說，我媽的靈魂可能成為另一個陌生人，也許，住在墨西哥或是奈及利亞，跟我完全扯不上邊。

那麼，我妹妹又是誰呢？搞不好，她是幾年前死掉的那個雜貨店老太婆，或是一隻在生物課上被開膛破肚的青蛙。

不過，無論她是誰，往後的日子裡，在這間公寓內就只剩下我跟妹妹了。

我媽剛過世的那段期間，社會局的人員總是定期前來拜訪，問我們需不需要什麼幫助。其實，錢不是問題，光保險金就夠我們生活好幾年了，而房子本來就是外公留給媽的遺產，當然也就沒有貸款的問題。

所以，社會局的人員只叮嚀我一件事，那就是要我好好照顧妹妹。

我沒照顧過人，倒是養過不少寵物，像是從夜市裡撈回來的金魚、在學校中庭內抓到的蜻蜓，或是為了生物觀察作業而養的蠶寶寶，唯一相同的是，牠們沒活多久就死了。

既然交給我處理，那我就用養寵物的方式來養妹妹，反正也差不了多少。人跟動物沒什麼兩樣，只是關牠們的籠子很小，而關我們的籠子比較大。

定期餵她東西吃，是每天最重要的工作。我不會做飯，因為那很麻煩。如果，我勤勞一點的話，會去便利商店買現成的料理，像是御飯糰、關東煮，或微波義大利麵等等；我懶得出門的話，就打電話叫外送，像是漢堡薯條，或是披薩炸雞等等，那些食物以前媽從不買給我們吃，可現在天天都像在開生日派對。

一開始，我準備的餐點大受妹妹歡迎，但沒幾天，她就吃膩了。不管是我親自買來的，還是外送過來的速食，她愈剩愈多，有時候，她甚至連一口也沒咬。之後，她才擅自去買沙拉跟水果給自己吃，並且，拿女生要減肥來當藉口。

雖然如此，我還是照樣買她的那一份，善盡我的責任。到頭來，全是我在努力啃這堆冰冷的垃圾食物，像個可笑的大胃王，奮力地將它們擠進食道內。

媽還在的時候，我跟妹妹的感情就不是很好了，如今，她不受我的控制，也是理所當然。我唯一能做的，就是監視著她的一舉一動。自從我的房間有了「收藏品」，我一直提心吊膽，總覺得妹妹會發現我的祕密。有好幾次，我會裝作不在家，悄悄地躲在衣櫃裡，暗中監視著她有沒有偷溜進我的房間，但都沒有抓到任何證據。

如果，妹妹有來過我的房間，看到井然有序的擺設，以及一塵不染的環境，她應該要感到羞愧。妹妹的生活習慣極差，閨房只能用亂七八糟來形容，脫下來的內衣褲與襪子全散落在地板上，累積一個禮拜也不洗。她唯一關心的，只有她的高中制服，從手洗、晾曬到熨燙，不但動作勤快，而且樂此不疲。

在家裡，她邋遢不堪，上學時，她一換上制服，馬上就能蛻變成青春無敵的高中生。

這個表裡不一的假掰女！

妹妹的制服是有著黑色領結的雪白襯衫，搭配上紅黑色的格子短裙，胸口還繡著星美高中的校徽。

那一所私立高中，在我放學的必經之路上。我經常可以看到一群跟她同樣制服的女生，她們傳來的嬉鬧聲，會讓你誤以為來到了遊樂園。

有一次，我走在回家的路上，身旁又出現了兩、三名星美高中的學生。原本不以為意，就在這時，我從她們的口中聽到了妹妹的名字，耳朵立刻豎了起來。

我轉頭看向她們，認出了其中一個女孩，她是妹妹的同班同學，叫作張景蘭。以前，她有來我家找過妹妹，此刻，她正在跟同伴們聊起妹妹的事。

「今天，是她被那個老色猴留下來呀？」

「是呀，真倒楣！上次是我被老色猴挑中，他的手毛好多喔！真是噁心死了！」

女學生們口中的八卦令我不安。我很擔心妹妹，但星美高中的門禁森嚴，一般人不能隨意進入，我也不想跟大門警衛解釋一堆理由，於是，我沿著圍牆走，找到一處最適合攀爬的牆面，順利翻進了學校。

校園裡一片寧靜，學生們多半都已離開，我一邊潛行在建築物的陰暗死角，一邊搜尋著妹妹的蹤跡。

然後，我遠遠地看見了妹妹。她孤零零地坐在教室前的花台上，在這個盛夏的傍晚，夕陽映照著她的身影，在沙地上拉得好長好長。

悶熱的暑氣下，汗水濕潤了妹妹筆挺的制服，透出白皙粉嫩的肌膚，短裙隨風微微飄揚，裸露出她豐潤修長的雙腿，逕自懸在半空中輕輕地擺盪。

那一幕是多麼美啊！我終於可以理解，妹妹為何愛那套制服的原因，她穿起來真是好看！

忽然間，有一隻粗糙的手掌搭上了妹妹的肩膀，一名M字禿的中年男子出現在妹妹的身旁，我很快聯想到了老色猴，那群女生們取的綽號果然很貼切。只見他的手掌慢慢地往下游移，直到摟住妹妹的腰。

妹妹的反應完全出乎我意料之外，沒想到，她扭動著柔軟的身軀，像是被人搔癢似的，竟呵呵地笑了起來。

老色猴愣了一下，妹妹這時抬起頭來，望著吃她豆腐的老師，大眼睛眨呀眨的。我第一次注意到，她有一雙迷人的電眼。妹妹主動伸出手，抓著老色猴的手掌，大剌剌地放在自己的大腿上。這下子，老色猴反倒嚇了一跳，像觸電一般似的把手縮回，臉上色迷迷的笑容則是僵硬到不行。

那一幕，讓我的內心受到極大的衝擊。那真是我認識的妹妹？她到底長成了什麼樣的女人？

一陣嘰嘰喳喳的聲音響起，我才警覺到，身後有兩名女學生發現了我，一邊對我指指點點，一邊往校門口跑去。我怕她們是去叫警衛，便慌慌張張地折返原路，逃到圍牆邊。

由於我一時緊張，翻過牆時失去平衡，整個人摔落至牆下的資源回收區，驚嚇到一隻野狗。牠不停地朝著我狂吠，我想叫牠閉嘴，隨手拿起保特瓶砸牠，豈料，那隻野狗竟然撲向我，在我的小腿上狠狠地咬了一口。

真是不幸的一天！我帶著傷回到家，自行塗藥治療傷口。當晚，外賣員送來的超值套餐，我一點兒也沒胃口。

都是那隻狗害的！我要宰了牠！

要怎麼宰好呢？用菜刀嗎？牠會反擊嗎？不如有效率一點，毒死牠！

於是，我遍尋家中，好不容易才找出了沒用完的老鼠藥。光用藥餌，狗是不會吃的，必須要加工一下。我便將藥劑放在碗裡剁碎，再以少量的水溶解。

我一邊製作毒藥，一邊又想起在學校目擊到的畫面，妹妹清純的臉孔、媚惑的桃花眼、那套半透明的制服、柔軟的裙襬……

在我面前，妹妹從來不曾露出那樣的笑容，永遠也不會。

那一瞬間，嫉妒、憤怒、憎恨、愛戀……複雜多變的情緒，在我的心中交纏不休。我的雙手像被魔鬼所操縱似的，不知不覺間，我把毒藥塗抹在漢堡肉排及薯條上，滴入中杯可樂裡。

一份超值毒藥套餐完成了。

反正，妹妹也不會吃我買的速食，可我卻能在下毒的過程裡，得到一種模擬殺人的快感。

閉上眼睛，我彷彿看到了，那個淫蕩妹妹中毒的痛苦模樣，她全身痙攣、四肢僵硬，鼻子與嘴巴都噴出血來。

之後，我便回到房間，只覺得腦袋昏昏沉沉的，還不到八點，已在床上倒頭就睡。不曉得睡了多久，小腿的疼痛才讓我醒了過來。

我走到客廳想喝杯水，卻聽到電視機的聲音，赫然看到妹妹坐在沙發上，手裡拿著咬掉一大口的漢堡，桌上散落著零星的幾根薯條。

恐懼與震撼的海嘯吞沒了我，我失控地衝上前去，用最大的力氣揮掌，打掉了妹妹手中的漢堡，它撞擊在地板上，彈了好幾下。

那一刻，屋內的氣氛異常地緊繃。我激動得全身發抖，對著妹妹吼叫道：「誰叫你吃的？」

「那是我自己買的。」妹妹氣得臉色發白。「你買的漢堡早就冷掉了，被我丟到垃圾桶了啦！」

我連忙跑去廚房，打開垃圾桶，妹妹說得沒錯，被下毒的套餐已成了廚餘。

一整個晚上，我都難以入眠。我將耳朵貼在牆上，傾聽著隔壁臥房的動靜，直到天亮。

隔天，妹妹依然去上學，依然穿上她引以為傲的制服。她還活得好好的，然而，我跟她之間的兄妹感情卻已經徹底地死透了。

從此，她再也不吃我買的食物。

那起事件後，我生了一場大病。高燒四十度的我，在妹妹的面前故意逞強，裝作沒事的樣子，我幾乎把自己關在房間裡都不出門，獨自忍受著病痛的折磨。

我覺得自己就快要死了。比病毒更要命的是，重重壓在我身上那龐大無比的自卑感，我又懷疑起存在的價值。被迫成為大人的我，太早背負了超齡的責任，深埋在體內的那隻怪物，正逐漸地萎縮。

然後，我又想起了小時候養的蠶寶寶，因為無法蛻變成蛾，只能死在蛹裡，看不見自己展開翅膀的模樣。

我不能就這樣死掉……就算是，我也要做出最後一搏。

拋開厚重的棉被，脫掉全身的衣服，再拿出一綑綑膠帶，一圈又一圈地纏繞著我赤裸裸的胴體，連整張臉、整顆頭都密不透風地包裹起來，最後，再把雙手也束縛住。

這就是我的繭。

我要召喚出內心的那頭怪物，然後，牠會掙脫束縛，以全新的姿勢獲得重生。

……時間無情地走著……肺裡的氧氣逐漸稀薄……意識像是燃燒的香菸，隨著灰燼飄遠……

這就是瀕臨死亡的感覺嗎？

算了，死就死吧！我有多盼望，等我死了以後，有人願意把我的屍體裝在玻璃容器裡，再注入滿滿的福馬林液，收藏在珍奇博物館裡。

可是，那樣的美夢並未發生。在我窒息前的那一刻，臉上的膠帶猛然被撕掉，強烈的刺痛感把我喚醒，模糊的視線再度變得清晰，眼前出現的是妹妹驚愕的臉孔。

「你在幹麼？」

妹妹發現了我的異狀，及時救了我一命。她拿起剪刀，一一剪開我身上的膠帶。當我的裸體暴露的同時，意外地，下體竟然勃起了。妹妹紅著臉，不知該不該繼續剪下去。

「出去！」

惱羞成怒的我，將妹妹轟出房間，並用力摔門。

我顧不得沒穿衣服，光著屁股就趴在書桌前，一眼就看到了書架上的標本瓶。

糟糕，我果然忘記收起來了！

十指狂抓著頭髮，也擋不了我腦海中不斷發出的警告。
她看到「公主的食指」了嗎？
她是不是發現了我的祕密？
她會告訴別人嗎？
說不定，她會跟她學校的好友說，她的哥哥是個變態！
會！她一定會這麼說！
她還會一邊跟那個M字禿的老師訴苦，一邊散發著她誘人的賀爾蒙。
這個賤人！
我要殺了她！

那是在我人生之中，最徬徨無助的時刻。
但再過不久，苦難終會過去。
我會活下去，找回屬於怪物的尊嚴與驕傲。
因為，我將會認識那個人。

一個賜給我救贖的人。

這一切都是命中注定的，那個人的出現只有一個目的，他要引領我，蛻變成為真正的「維克托」。

盲點

「死刑犯洪旋志脫逃！」這則驚爆的大新聞，馬上搶占了各大電視台的頭條，讓午覺沒睡飽的孟黛華徹底地清醒了過來。

今天的媒體簡直像是瘋了一樣，只要打開新聞頻道，整點新聞幾乎成了追緝實況秀，就連進廣告也還安插著一個子母畫面，隨時更新情報。此番大陣仗的報導，扎實地打了無能的警方重重的一巴掌。

電視畫面中，大批警力正在搜索著山區與鄰近的小鎮，並做好了嚴密的部署。舉凡主要道路上都廣設了路障與臨檢站，彷彿全台灣的罪犯只有洪旋志一個人。在媒體和民眾的眼中，他就像是恐怖份子，一次可以殺光整座城市的人，儼然就是B級好萊塢片的情節。

論壇節目更是抓到了絕佳話題，名嘴還不趁機砲火全開，搶爭觀眾的收視率。縱容犯人逃脫的警方則成了眾矢之的，奇怪的是，這回，金柏森並沒有出現在鏡頭前面。孟黛華轉了好幾台都沒看到他，沒瞧見他那灰頭土臉的模樣。

正當她好奇這些關鍵人物全跑哪兒去了的同時，忽然收到了手機上 Line 的訊息。

「我在學校研究室，過來找我。」發訊息的人是她的指導教授施天齡。教授找她去學校做什麼呢？是不是教授回心轉意，決定要跟她一起並肩作戰了？

她傳了訊息詢問進一步的細節，但教授再也沒回覆了。忖思了一會兒，孟黛華決定還是趕去學校裡看看狀況。就在她準備出門時，發現樓下有一組記者正在徘徊，八成也是想來捕捉她的反應，然後，再回去加油添醋一番，讓社會大眾對廢死團體更反感。

孟黛華戴上口罩和一頂鴨舌帽，故意把帽簷壓得低低的，打算悄悄地避開他們。幸好，她只算是這場大秀裡的小插曲，不是主戲，簡單的喬裝就能騙過那群狗仔們，否則，被一大群記者們團團包圍，她可是插翅也難飛啊！

來到巷口的停車格，她換戴上安全帽，成功發動機車上路後，這才大大鬆了一口氣。

此刻，她的心情很複雜，洪旋志的逃亡絕對不是她樂見的。她忍不住埋怨了一句：「都是你害的！搞得現在的立場這麼尷尬！」

施教授選擇在學校見面是正確的判斷，因為，「白色之聲」本部被記者盯上，媒體趁民意高漲，想逼他們給社會大眾一個交代，施教授索性暫時關閉辦公室。

孟黛華來到研究室，看到了來回踱步的施天齡，從桌上菸灰缸累積的香菸數看來，教授似乎是等了很久。

「對不起，教授，我來晚了。因為，甩開狗仔需要一些時間，所以……」她的話還沒說完，就被教授打斷。

「你知不知道，你被利用了？」

「啊？」還搞不清楚是什麼狀況的孟黛華，有點兒摸不著頭緒。

平時冷靜的施天齡，此刻的語氣卻略帶急促，音調微微上揚：「現在，正是社會最恐慌的時候，已經有某一台的名嘴，提出了一個對我們很不利的推理。」

「什麼推理？」

「他們認為，『白色之聲』被死刑犯利用了！洪旋志主動揭露妹妹的屍體，全是為了策畫這次的脫逃……」施天齡沒有繼續往下說，但望著她的眼神中，夾帶著一絲懷疑，盯得她很不舒服。再笨的人，也聽得出來教授的絃外之音。

「教授，什麼意思？你不是懷疑我吧？」

「小孟，你應該是真的不知情吧？還是，你是故意幫他……」施天齡忍不住嘆了一口氣，繼續說道：「我知道，現在所有的證據都對洪旋志很不利，即便是上訴到最高法院，也怕是以死刑三審定讞。你是一個如此尊重生命的人，不忍心看到任何一個人的生存權利被剝奪，但這次真的踩過線了。你迷失了自己，也害了『白色之聲』。」

「才不是這樣！」被誤會的她緊咬著下唇，握緊的雙拳還微微地顫抖。「教授，你根本不懂！就算我再怎麼厭惡死刑，我也不會做出犯法的事，因為，那樣即使贏了，也不是真正的正義。」

「真正不懂的人，是你！小孟，不要再查下去了，你已經陷得太深了！」

「謝謝關心，我知道自己在做什麼。」不理會教授提出的建言，孟黛華轉身離去。臨走前，她知道教授的顧慮，不忘對他做出一個保證：「你放心，從現在開始，我是我，『白色之聲』是『白色之聲』。我做的任何事，純粹只代表我自己，和『白色之聲』無關。」

「小孟，我不是這個意思。為了洪旋志這個人，背棄我們大家，值得嗎？」

她沒有回答，也沒有因此而停下腳步。她就是這麼倔強堅強的人，即使所有盟友都背棄了她，她也不會就此放棄。

她很清楚，繼警方之後，廢死團體也成了戰犯。只要洪旋志一天沒有落網，媒體就還會繼續找尋下一個戰犯。要想終止這個無限抹黑的惡性循環，除非逮到他，而且要比媒體先一步逮到他！

但洪旋志究竟藏在哪裡呢？

她試著揣摩著洪旋志的心理狀態。

洪旋志為什麼要逃？

當然，他被判了死刑，想逃肯定是因為不想死。

那麼，他逃了以後呢？

這裡是台灣，不是美國，沒辦法躲在大峽谷或是荒野裡，一輩子都沒人找得到。他想躲過追緝，就必須潛逃出境，但警方也不是笨蛋，機場與沿海都實施了管制，就是防止他偷渡。

他的計畫會是什麼呢？走一步算一步，還是已經全盤想好了？另外，那個躲在暗巷中跟蹤她的人又是誰？他為什麼要幫她？他跟洪旋志有關係嗎？

這個神祕人，目前還隱藏在所有媒體與警方的情報後頭，是一個未曾露臉的幕後人物，只有她知道他的存在，而他卻躲在暗處，掌握著關鍵的線索。本來，她期待他會再提供線索，可是，他卻沒有再出現。

她究竟該不該告訴警方這個人的存在呢？現在，她所做出的任何決定，會不會影響洪旋志未來的生死呢？萬一，判斷錯誤的話，還能有機會回頭嗎？

孟黛華還沒有想好該怎麼做，對於未知的事情，她無法掌握，現階段，她只能從已確定的部分下手。至少她知道，蘇子青最後一次看到洪瑋茹的日子，她決定就從這一天開始去追查。

那一天是個特別的日子，正是星美高中的畢業典禮。如果，蘇子青所言屬實，那麼畢業的那一天，洪瑋茹缺席了典禮，原本是打算按照預定的計畫，約在碧潭附近，兩人一起私奔。可是，蘇子青沒有赴約，而洪瑋茹則從此消失在人間。由此看來，那一天肯定是個關鍵。

孟黛華又去了一趟星美高中，想去調查洪瑋茹畢業典禮那一天的相關資料，看能不能有所發現。然而，她到了學校以後，校方的態度卻跟上次大不相同。原來，陳老師不滿貝琪那篇煽情的新聞報導，不想配合她。她費了一番工夫，好不容易才說服了陳老師。

在陳老師的監督下，孟黛華進入學校的檔案室，所幸，當年的照片與影像都有保留下來。

孟黛華一一檢視照片，果然，沒有一張拍到洪瑋茹。她改看電腦裡的紀錄影片，這些影片內容龐雜，大多是手持鏡頭，晃來晃去，令她有暈車的感覺。正當她想放棄之時，忽然間，她在一段影片中，看到了洪旋志出現在畫面的遠方。

沒想到，這個傢伙竟然在這麼關鍵的時機點，出現在這種場合！

假設，洪瑋茹當時人並不在學校，而是在碧潭等待著蘇子青，那裡距離這所學校，少說也要一小時的車程，那麼，這將會是對洪旋志有利的不在場證明。雖然，不見得表示人不是洪旋志殺的，但起碼有了新的線索。接下來，就是要找尋在場有沒有目擊者，曾經在畢業典禮上看過洪旋志。

孟黛華將影片來回播放，周遭的群眾雖然眾多，但大家都忙著聊天交際，或是拍照留念，鮮少會注意到從角落閃過的洪旋志。再加上拍攝者只是無意間掃視校園，意外捕捉到他的影像，所以並未聚焦在他的身上。

一旁的陳老師盯著反覆的影帶畫面也覺得累了，見孟黛華還不死心，最後，索性放她一個人觀看。

隔了好一段時間，她又在另一卷帶子裡瞧見洪旋志的行蹤。這回，畫面遠遠地拍到他出現在教室的走廊，然後，有一名穿著制服的女學生剛好走在他的附近。

有了！這個女學生就是她要找尋的目擊者。只要找到她，就能確認洪旋志當天的行蹤，只不過，她是誰呢？

透過影片的定格放大，孟黛華將螢幕畫面截取後影印出來，再一一比對著畢業紀念冊。

「咦，你還沒走啊？我們要下班了呢！」

孟黛華一抬頭，發現出聲關心她的人，正是之前曾經訪談過的張景蘭老師。她靈機一動，將影印紙遞給對方，詢問道：「這個女生……你認識她嗎？」

張景蘭定睛了好一會兒後，這才恍然大悟道：「喔，她是楊千亞，也是我們班上的同學，跟瑋茹一樣，我們都是姊妹淘。」

「真的嗎？你知道，她現在人在哪裡嗎？要怎麼聯繫到她？」孟黛華興奮的心情全寫在臉上，連聲音也忍不住微微顫抖，一連問出了好幾個問題。

對方搖了搖頭，潑了她一盆冷水。

「很難吧！楊千亞畢業後就出國念書了，之後，就沒再聽過她的消息。之前，好幾次的同學會要找她，但是，都聯絡不到她。」

可惜，時隔多年，這位關鍵的目擊者已經失聯了，短時間內恐怕也找不到人。

即使是戰鬥力十足的孟黛華，此刻也就像洩了氣的皮球一般，心情低落下來。

找不到其他的目擊者，孟黛華關閉了影片，正想著該怎麼繼續調查，本能地又滑起手機。就在這時，她看到了一些訊息。

之前，她在BBS上撒的餌，陸續有了一些回應。她眼睛一亮，看到有位網友自稱是洪瑋茹班上的同學，透露了一個八卦。

「要走了嗎？」張景蘭已經收拾好了影帶和資料照片，打算要鎖門了。

「你在說謊！」

「啊？」張景蘭一時錯愕，還搞不清楚是什麼狀況。「是真的，再晚一點，警衛就要來趕人了。」

「我說的不是這個。」孟黛華板起面孔，質問道：「你認識三年五班的蘇子青，對吧？」

「啊？」

「你是不是跟洪瑋茹的男友交往過？」

「欸……你……你怎麼這麼問？」

孟黛華出示了手機上的訊息，戳破了張景蘭的謊話。

「那個賤人在新聞上還真是敢講，自稱是洪瑋茹的閨蜜，卻勾引了她的男友！他們兩人在畢業後還交往過呢！」

張景蘭看著爆料者的訊息，臉上青一陣紅一陣的，她並不想狡辯抵賴，只是沒勇氣承認而已。

「要解釋一下，這是怎麼回事嗎？」

張景蘭嘆了一口氣，坦承道：「是的，我和蘇子青曾經交往過。當年，是我自己先單戀他，見不得他和瑋茹好。你不曉得，他那時有多迷戀瑋茹。」

「所以，你嫉妒洪瑋茹，故意加油添醋，說她跟很多男人搞曖昧？」

張景蘭沒有否認。「有差嗎？反正，瑋茹也常跟我說，有很多男人在糾纏她。」

「你知道，她打算跟蘇子青私奔的事嗎？」

「瑋茹什麼心事都會跟我說，畢業的前一天，她告訴了我要私奔的事。我不能忍受子青跟她在一起！瑋茹是個喜新厭舊的人，她不會認真對子青的！等交往過一陣子後，她肯定會拋棄子青，再找下一個男人，那樣……子青就太可憐了！」

「蘇子青的爽約……是不是跟你有關？」

張景蘭點了點頭，說道：「我打電話去子青家，跟他媽媽告密。他媽媽簡直氣壞了，當然，也立刻阻止兒子做這種蠢事。」

「她把你當好朋友，才把心事跟你分享，而你卻出賣了她！」孟黛華忍不住替死去的洪瑋茹抱不平。

「對不起，我也很後悔。這陣子，我一直在想，要是沒有我告密，瑋茹就不會死了。」張景蘭頓了一下後，續道：「其實，當天我也去了碧潭……」

「什麼意思？」

「本來，我是想確認瑋茹的私奔計畫失敗，沒想到，卻看到了她跟一個男人走在一起。」

孟黛華十分訝異，她怎麼也沒預料到，張景蘭才是真正的目擊者。

「……我好奇地跟了過去，看到他們一路走到了一輛車子旁……瑋茹就上了對方的車子，然後，他們就開車離開，揚長而去。」

那個男人不可能是洪旋志！孟黛華很肯定，因為，當時洪旋志還在學校，他根本分身乏術。

孟黛華的腦子不斷地運轉，正努力消化得來不易的新資訊，她追問道：「你有看清楚那個男人的樣子嗎？」

張景蘭搖了搖頭。「沒有，我不想被發現，所以，跟他們離得很遠。而且，那個男人從頭到尾都背對著我。」

「你再想想，那個男人還有沒有什麼特徵？」

「……我有看到，那個男人的手裡拿著一把刀……我永遠也忘不了，瑋茹曾經回過頭來……她好像發現到我了。她的眼神似乎是想跟我求救，可是，我卻跑掉了。」

「這樣看來，洪瑋茹是被人挾持上車的囉……」

「所以，那個男人才是凶手嗎？是他殺了瑋茹嗎？是我……害死瑋茹了嗎？」

張景蘭內疚地低下了頭。

孟黛華不知道該如何回答，畢竟，這一切都只有猜測。兩人的對話就在一陣靜默後結束，只留下一個無法解開的懸念。

一開始，孟黛華只是想了解洪旋志為什麼要殺害自己的妹妹，然後，真相逐漸浮現，殺死洪瑋茹的可能另有其人。

但這引發了另一個更大的疑問，洪旋志為什麼要承認一樁並非自己犯下的案子呢？更何況，死者還是他的妹妹？

當然，不能完全排除是洪旋志殺死妹妹的可能性，但至少還有一位可疑人物。隨即，她又發揮她豐富的想像力聯想到，這人，該不會就是那個跟蹤狂吧？

如果說，殺死洪瑋茹的凶手並不是洪旋志呢？

之前，她完全沒有想過會有這種可能性。

倘若她的假設沒錯，那麼，洪旋志逃亡的目的，很有可能就是要去找那名真凶！要真是如此的話，洪旋志將會殺死凶手，為他的妹妹復仇！

維克托的獨白之三

認識「那個人」，是在我高三那一年的冬季，一個白霧茫茫的清晨。

我與他相遇的時候，剛好戴著手錶，因此，記錄下那一刻是六點三十分，地點是在我家附近的某個街角。而將時間撥回到兩個半小時之前，也就是凌晨四點鐘整，我則是站在妹妹的床邊，默默地看著她熟睡的臉龐。

上次，潛入她的臥房，我緊張得快要停止呼吸，妹妹稍微翻個身，就連忙逃出房外。相較起來，這次，我冷靜許多，在這兒待了十分鐘都還沒走。

只不過，緊握殺魚刀的手心，依然不停地冒汗。

最後，我還是無法將刀尖刺進妹妹的胸口，只好轉身離開了房間。

在我們這個社會裡，人們每天都想著大大小小的雜事，但絕大多數人都沒有想過，自己今天會被人殺死。所以，我認為，殺一個人其實很容易，如果，這個人就跟你住在一起，那成功率應該高過九成。

唯一的考驗就是要克服我的心理障礙。我要強調，並非因為她是我的妹妹，而是因為做任何事情，第一次總是最困難，包括殺人也是。

我回到自己的房間，坐在床上盤腿沉思，等著時間一到，我便換上運動服，戴起電子錶。看了一眼牆上的計畫表，它清楚地寫著每日體能訓練的進度，我簡單地做了一下暖身運動後，便準備出門晨跑。

冬天的太陽升起得較晚，我走到公寓的大門外，天色還沒亮，路燈照著冷冷清清的巷口。我再次將鞋帶綁緊，隨即奔向這黑夜中的城市。

一般人喜歡去公園或是去學校操場運動，但我不一樣，我偏愛在這座都市叢林裡慢跑，穿梭於一棟棟醜惡的水泥建築物之間。愈是陌生的街道，我愈是想進去探索，而看似沒路的死巷，偶爾會通到你意料之外的地方。所以，每次跑步，我的路線從不重複。

黎明來臨時，街頭起了一陣大霧，我一喘氣，嘴巴便吐出了團團的白煙，卻把冷空氣吸入肺裡，害我中斷了跑步，停下來重新調勻呼吸。

就在這時，我隱約聽到霧中傳來了某種怪聲。那聲音斷斷續續的，似乎是某種動物的叫聲，但肯定不是人。

在好奇心的驅使下，我朝著聲音的來源走去。怪聲從遠而近，仔細一聽，那是一種絕望的悲鳴，叫得讓人心裡發毛。

劃開了層層薄霧，在我的眼前，緩緩地浮現了「那個人」的身影。

那個人緊閉著嘴唇，神情漠然，他的右手握著一根生鏽的鐵管，雙眼直盯著地面。在他視線落下的位置，有一隻倒臥的野狗，頭顱被打得稀巴爛，鮮血與腦漿四濺。奄奄一息的牠，發出微弱無力、有如鬼叫的吠聲。

我的腳步聲引來那個人轉頭一看，兩人四目交會，那一瞬間，我忽然覺得，他給我一股親切感，而奇妙的是，我覺得，他也是這麼看我的。彷彿我們是在異域巧遇的同鄉人，陌生的臉孔下，有著熟悉的血統。

現場的氛圍變得很詭異，尤其是那個人的手中還拿著凶器，鐵管的前端仍兀自地滴著血。於是，我友善地伸出手，像是警方勸說歹徒繳械一樣，示意他交出鐵管。

那個人看得懂我的肢體語言，果真將鐵管遞給了我。

鐵管已經在我的手上，我望了他一眼，又低頭瞧了那條垂死的野狗。我高高地舉起鐵管，用盡全身的力氣重重一擊，打在狗頭上。

那惱人的悲鳴，終於消散在縹緲的霧氣中。

野狗的屍體留在原地，自然有清潔隊會收拾，而我要做的，只是將染血的鐵管往河堤外一扔。在處理掉凶器之後，我主動邀約那個人去吃早餐，那是我第一次跟陌生人搭訕。

與其說，那個人爽快答應，倒不如說，他沒有拒絕。在我的帶路下，我們來到了附近的一間麥當勞，每天晨跑結束，這裡的早餐就是最好的犒賞。

我之所以約他，是因為有些問題想要問他，希望從他的身上，找到突破我心理障礙的方法。

那個人毫不客氣地吃著免錢的早餐，他的年紀頂多比我大個幾歲，身高體重也與我在伯仲之間。他穿著寬鬆的籃球褲和無袖背心，我從頭到腳地打量著他，問道：「你有受傷嗎？」

「沒有。」那個人回答得很乾脆。

「所以，你沒有被狗咬到？」

那個人的嘴裡嚼著鬆餅，搖了搖頭。

「那你為什麼要打那隻狗？」

大口吞下沒咬碎的薯餅後，那個人做出了回答。

「我不知道。」

不需要塑造動機，也不需要醞釀情緒，更不需要考慮再三，要做就做，不為什麼。

多麼完美的回答。

吃完早餐後，那個人就走了，一句謝謝也沒有說。也許他認為，我們不必建立交情，也不會見第二次面。

但那個人錯了，冥冥之中注定，我們的命運緊緊相連。

再次遇到「那個人」，是在一個我想都沒想過的地方，那就是我家的門口，更精確地說，是在我家公寓樓下的大門前。

這一天是假日，我揹著包包下樓，打算找間網咖消磨一整天，因為，妹妹的同學們要來家裡玩，而我不在家最好。

我剛到樓下，碰巧遇到那群高中女生來按電鈴。我認得其中幾個人，卻故意裝作不認識，一邊用手拉低頭上的棒球帽，一邊與她們擦身而過。

正要快步遠離公寓時，無意間，我便看見了「那個人」，他背靠著灰色的牆壁，臉部仰起，似乎在看著某個特定的方向。

我難掩訝異地走上前去，跟他打招呼。

「嗨，你怎麼知道我住在這裡？」

「……這是你家？」

那個人說完，又往上方瞧了一眼。我順著他的視角，看到的確實是我們家的陽台，剛好，妹妹正在招待她的同學們，一群人從陽台陸續走進屋內。我心想，不會這麼巧吧？

「你認識我妹妹嗎？」

「不認識。」

那個人的回話總是很簡潔，從他的表情研判，我不認為他在說謊。

他之所以出現在這裡，只有一個原因——我跟他有緣。

「我要去網咖打電動，你要不要跟我一起去？」

那個人沒想太多，就跟著我走。我們來到一間我常光顧的網咖，付了包檯費用後，便坐在電腦螢幕前，打了快五個小時的線上遊戲。在那個虛擬世界裡，玩家們彼此競爭，大家拿武士刀、機關槍、手榴彈等各種武器，你殺我、我殺你，非常刺激。

走出網咖，已經是晚上了，我們並肩而行，在叉路口停下，接下來，就要分道揚鑣了。我始終沒問過「那個人」的名字與來歷，對他一無所知。那一刻，我的心念一動，問道：「你殺過人嗎？」

「剛剛在網咖殺的那些算嗎？」

「……我是說，真正的殺人。」

那個人搖了搖頭，我鬆了一口氣，這就表示，我們還在同一條起跑點上。

「我也沒有。」我鼓起勇氣，對那個人提出了我一直想執行的計畫。

「……下個禮拜六晚上，你有空嗎？我們一起去體驗看看，如何？你有興趣的話，下週的這個時間，我們就在這裡碰面。」

那個人一如往常，沒有回應就走了。然而，我的心中很有把握，那天，我一定可以等到他。

一週很快就過去了，又到了週六的夜晚，我提早一小時抵達約定的地點，雖然等人的滋味很不好受，但我希望能夠多一點心理準備。

那個人果然依約出現，他很守時，沒讓我多等一分鐘，這是個好的開始。

我們步行走了一段路後，來到了一座老舊的公園。平時深夜，不會有人在此逗留，不過每逢入冬，天氣一冷，便會有零星的遊民窩在這裡過夜，那就是我們的目標。

下手之前，我們先躲到大樹的陰暗處，我卸下身後的背包，說道：「瞧，我都替你準備好了。」

打開背包，我拿出兩副怪物面具，以及兩根伸縮警棍，並分發給他一份。我們戴好面具後，互看了一眼，那兩張猙獰醜惡的塑膠臉，遮蓋了我與他的真面目。我試揮了一下警棍，順便秀一下手臂結實的肌肉，那是我每天做一百下伏地挺身的成果。

我居然不覺得緊張，也許，是因為那個人陪在我身旁的關係吧？我甚至開始興奮起來，趁著這股氣勢，我決定展開行動。

由我領頭，我們兩人在公園裡搜尋獵物，相中了一個躺在長椅上睡覺的老遊民，他蜷曲著身體，裹著髒兮兮的毛毯。我走上前去，粗魯地推了推他，硬是把他叫醒。

老遊民睡眼惺忪地爬起身來，完全搞不清楚狀況，下一秒鐘，我揮舞著警棍，狠狠地打在老遊民的頭上。他悶哼一聲，臉部朝下，從長椅上重重地摔落到地面。

力道是夠了，可惜，還不足以致命，頂多是腦震盪罷了。我退後一步，轉頭看了那個人一眼，示意由他接棒。

然而，那個人卻動也不動，警棍垂在手上，只是默默地盯著老遊民。

看來，他沒我想像中的那麼有膽，也許是被嚇到了吧？

「喂！你們在做什麼？」

忽然間，一道聲音喝止住我們。循聲看去，一位當地的民眾碰巧路過，目擊了行凶的現場。我一時間不知所措，沒想到，身旁的「那個人」將警棍甩到腦後，朝那位目擊者暴衝而去，只用了一拳就把對方打倒在地。

那個人還不罷休，用腳猛踹著那位目擊者的頭部，他的鼻樑應聲斷裂，血流如注。我見情勢失控，連忙跑上前去，將那個人拖走，迅速逃離公園。

後來，我有特別關心那陣子的新聞，媒體只有小篇幅的報導，那位老遊民與目擊者均受傷住院，不過，警方並沒有查到我們身上，案件最後不了了之。

那天深夜，我與他坐在河堤邊，巨大的高架橋橫越在我們的頭上，傳來稀落的車流呼嘯聲，橋下的景象則是一片荒涼蕭瑟。

我將那兩副面具丟進了河中，望著黑漆漆的河水，不曉得有多少髒東西沉在河底，而它還是繼續流著，讓混濁淹沒掉一切污穢。

開口化解尷尬的人是我，也為這次失敗的行動下了註解：「反正，就算真的殺死那個老遊民跟路人，也沒什麼意義……你覺得呢？」

「我……沒什麼感覺。」

「……那我跟你說實話好了，我剛剛拉走你，還有一個很重要的理由。」我說出了自私的話。「我不想要……你比我先殺死人。」

那個人死板的臉上好像出現了一絲絲感動，他對我說道：「那你希望我怎麼做？」

「你願意……跟我做一個約定嗎？」我伸出手掌，舉在他的面前。「我們約定好，下次要一起殺人，誰也不能先偷跑。」

那個人笑了，沒看過這麼難看的笑容。他大掌一揮，拍在我的手掌上，發出清亮的響聲。我們締造了親密的約定，宛若是一對好哥兒們。

「你真的答應了！為什麼你這麼相信我？」我問道。

「因為，你跟其他人不一樣。」

我精神一振，期待著那個人的讚美。「喔，是哪裡不一樣？」

「你不怕我。」

「那大家為什麼要怕你？」

那個人沉默了一會兒，才緩緩地說道：「……怕我殺死他們。」

一股寒意刺激著我的神經，那個人沒察覺到我的異樣，他自顧自地說出了真心話。

「我有件事，以前從沒跟人講過。你……願意聽我說嗎？」

我點點頭。「好呀！是你的祕密嗎？」

「算是吧！」那個人的眼神穿透了我，看向浩瀚的夜空。「我……一直有一種奇怪的感覺。」

「什麼樣的感覺？」

「我……不是真正的我，不是叫這個名字。我好像出生在大海那一端的遙遠國家，一個我聽都沒聽過的地方，而我的樣子，也跟現在長得完全不一樣……很奇怪，對吧？」

一點都不奇怪！

在這之前，那個人所說過、所做過的一切，都遠遠比不上這番話，讓我感受到此生最大的恐懼。

我做了一個可怕的夢。

夢見了令人懷念的珍奇博物館，館內還是空蕩蕩的，二樓的標本區裡陳列如昔，裝滿福馬林的玻璃瓶裡，頭顱分裂、長著尾巴的怪嬰依舊沉睡著。

剎那間，怪嬰的臉孔開始扭曲，不斷地變化，最後，竟慢慢地變成了「那個人」的長相。

驚醒的同時，我的背脊全是冷汗，把床單弄濕了一整片。

不，那是我才對！我才是維克托！

我的內心吶喊著，像是著了魔似的從床上彈起，衝到廚房裡拿起殺魚刀，直奔向妹妹的臥房。

我一手握刀，用另一手轉動著門把，沒想到，房門鎖住了！不管我多用力扭轉門把，門就是無法打開，急得我滿頭大汗。

就在這時，房門忽然打開了，我嚇了一大跳。只見妹妹冰冷的眼神正好對上我錯愕的目光，她徹底震懾住我，我彷彿成了一尊石膏像。

房門再度關上，妹妹絕情的容貌還殘留在我的視網膜裡。

我的雙手無力，兩腳發軟，殺魚刀掉落在地板上。我整個人跪倒在走廊上，眼淚不爭氣地掉了下來。我什麼也不能做，只能哭泣、只能禱告……

撒旦、伊布利斯、摩羅、阿里曼、薩麥爾……各方宗教的魔鬼，請聆聽我的告解……

我願意獻祭，獻上我妹妹的鮮血、她的處女，甚至她的生命……任憑你們取用……

求求你們，給我一個啟示……

證明我存在的價值。

又或者……請你們告訴我……

如果，我不是維克托……

……那麼，我是誰？

死刑犯與模仿犯

有多久沒有真正睡著過了？

洪旋志每次一闔眼，眼皮就會不自主地跳動，不管是在長途行駛的貨車上，或是在悶熱狹小的牢房裡，他總是覺得好累好累，卻沒有一刻能夠得到安眠，有如一隻沒死透的殭屍，不明白為什麼自己要醒著。

剛換上的T恤與牛仔褲遮掩住他沾滿髒污的身體，車窗上的隔熱貼紙讓外頭的人無法看清楚他的長相，因此，沒人料想得到，在這輛銀色豐田汽車後座的乘客，正是被警方全面通緝的死刑犯。

手裡沒握著方向盤，讓洪旋志有點不太習慣。開車可以穩定他的情緒，好像只要沿著前方的路一直走，即使這趟旅程沒有目的、沒有終點也沒有關係。

從洪旋志的視角看去，駕駛座上是一名削瘦骨感的男子，他的後腦綁著一束凌亂的辮子。從上車到現在，司機與乘客之間沒交談過一句話，車內也沒播放音樂，或是收聽電台，然而，呼吸沉默的空氣卻讓他們感到自在。

一小時前，洪旋志才在這名共犯的協助下，逃出了警方的控制。趁著警方還來不及設下攔檢站，辮子頭踩足油門，迅速通過北宜公路上知名的「九彎十八拐」，來到了遼闊的蘭陽平原。

辮子頭刻意避開大路，將車子駛進鄉間小徑，沒多久，眼前便出現一幅奇特的景象。在老舊農舍與大片田地之中，矗立了一棟又一棟的歐式別墅，與周遭的環境反差極大，那全是台北人置產投資的傑作。

車子停在離其他房子最遠的一棟別墅，它是一棟兩層樓高的建築，四面被農田所圍繞，方圓一公里內幾無人煙。

「我們到了。這裡很安全，下車吧！」駕駛座的辮子頭轉過頭來，他年約二十來歲，臉頰的顴骨分明，眉毛光禿，一副桀驁不馴的表情。

洪旋志正要伸手開車門，忽然間，車窗外赫然出現了一名滿臉是血的婦人，她重重的一巴掌拍在玻璃上，打出一道鮮紅的手印。

他吃了一驚，但一回過神來，卻發現車窗上什麼都沒有，外頭也沒有人，方才只是一場幻覺。

大概是熟悉的宜蘭鄉野景象，又讓他想起了那件往事吧。

走出車外，洪旋志將自己暴露在陽光底下，他一身便服，手腳也沒上銬，再次嘗到恢復自由之身的滋味。其實，他的心情異常地沉重，反倒在牢裡的時候，他還覺得比較安心。

但他必須逃獄，因為，他有著未完成的使命。

辮子頭帶領洪旋志走到玄關前，門上裝設有電子鎖，經過指紋辨識後，大門這才開啟。兩人進入客廳中，屋內的裝潢新穎時尚，足以媲美台北市中心的豪宅，環境維持得十分乾淨整潔，宛如樣品屋一般。

辮子頭逐一巡視著門窗是否上鎖，以確定家中未遭他人入侵。這一頭，洪旋志則隨意瀏覽四周，客廳連接飯廳，後方則是開放式的廚房，右側有一道樓梯，應該是通往地下室。

洪旋志站在樓梯口望去，地下室是一扇冷冰冰的鐵門，與室內的風格大相逕庭，有別於大門的電子鎖，它用的是傳統的鑰匙鎖。

「我們到樓上去吧！」辮子頭不知何時已走到洪旋志的身後，他為客人指引上二樓的樓梯，自己則殿後，像是故意要擋住地下室的那扇鐵門，不讓洪旋志多看一眼。

「對了，我好像還沒跟你自我介紹。」辮子頭用大拇指點了點胸膛：「就叫我雷米吧！」

來到位於二樓的書房，門上又是一道電子鎖。洪旋志旁觀著雷米不厭其煩地開鎖，這人顯然想把自家打造成銅牆鐵壁，活像座監牢一般。

一走進房間，只見到四面牆壁上貼滿了密密麻麻的剪報與照片，全是與洪旋志案子有關的新聞報導、犯罪分析、名嘴評論，甚至還有命案現場的照片。一具具血跡斑斑的屍體，毫無遮掩地展示在室內。

「這些照片很酷吧！是我駭入報社的網路，從照片資料庫中竊取來的。」雷米得意洋洋地說道：「我多麼希望，當時可以跟你一起站在那裡，檢視一場場殺戮的戰果。」

洪旋志的視線停在其中一張血案照片上，那是發生在宜蘭的羅家滅門慘案，屋主一家四口遭到屠殺，包括羅繼洋與林旭怡夫婦、六歲的長子羅振剛，以及三歲大的次子羅振豪。此案是洪旋志所犯下的殺人案中，最為駭人的一樁。

雷米見狀，主動提問道：「我一直想問你，你是依據哪些條件來挑選目標呢？就拿這一家人為例子好了，為什麼選中他們？」

「……那天，我的貨車在半路上拋錨了。」洪旋志不像在回答，倒像是在自言自語：「然後，一輛車路過，停了下來……」

那是一對中年夫婦，丈夫長著一張大眾臉，老實而木訥，妻子看起來則是有些神經質，眼底掛著兩個又深又黑的眼袋。

當時已近黃昏，貨車卡在產業道路上，周圍鮮少人車經過，這對中年夫婦剛好開車經過，主動詢問洪旋志是否需要協助。

洪旋志告訴中年夫婦，車子的電瓶沒電了，無法發動。對方了解完狀況後，表示他們就住在附近，可以幫忙充電。於是，對方打開車門，讓洪旋志上車，載他回到自家，之後就發生了那起慘劇。

「所以說，是那一家人命中注定該死囉！」雷米乾笑了幾聲，接著，他指著牆角的幾篇小報導。「你看，這就是我目前的戰績！當然，遠遠比不上你就是了。」

洪旋志瞄了一眼新聞剪報，標題寫著：「模仿犯網路嗆聲，揚言殺人聲援洪旋志」，內容則是有民眾報案，指出模仿犯闖入他們家中，留下給警方的恐嚇字條。

「這些白癡記者，說我是什麼模仿犯！太小看我了！他們絕對想不到，讓你逃獄的人，可是我呢！」

雷米愈說愈起勁，只見他走到書桌前，一邊打開電腦，一邊吹噓道：「我對案情的了解程度，絕對不輸給檢方，尤其是那個叫金柏森的檢察官。我認為，他根本不想認真追查你妹妹的案子，但我就不一樣了，這段日子，我都在蒐集著各種情報。」

電腦螢幕上，首先被滑鼠點開的是孟黛華的照片，以及她的個人資料。雷米邪笑道：「你在會客時見過她，對吧？我有一些管道，可以探聽到你的一舉一動。

我也明白你找她的用意，你是要利用她來逃獄。既然如此，我就把她當作是一顆棋子，暗中透露給她一點線索，像是你妹妹的男友蘇子青之類的資訊。總之，我讓她到處亂闖亂撞，好把這起案子鬧得更大。」

雷米接著開起衛星地圖，拉到坪林一帶，繼續說明道：「我一直監聽著警方的通訊，得知你今天要被帶去現場模擬。於是，我開車一路尾隨著你們，抵達了那所廢棄的小學。我本來還在思考，要怎麼救出你，沒想到，你果然厲害，可以自行脫困，雖然差點兒被金柏森逮到，不過，幸好我及時趕到。」

洪旋志聽了半天，終於開口問道：「你找我來這兒……到底想做什麼？」

「你還記得，我們第一次見面的地點嗎？兩年前，你被警方逮捕，我跑去看守所看你……從那一天起，我就百分之百地確定，你……是我的偶像。」雷米一臉仰慕地說道：「能夠當面見到你，是我的榮幸。」

「……我……值得你這麼做嗎？」

「當然。而且，我不只想見你，我最終的理想……就是成為你。」

洪旋志冷冷地回了一句：「……你殺過人嗎？」

雷米全身一震，他臉上興奮的表情像是一個考了一百分的小孩，正等待著家長伸手要成績單。

「還沒有，但我已經準備好了『儀式』。」

「……儀式？」

「是的。今天半夜四點鐘，請你跟我一起……完成這個偉大的儀式。」

凌晨，三點四十分。

躺在客廳的沙發上，洪旋志全身的肌肉僵硬緊繃，他依然無法入睡，白天回想起的那件命案，始終在他的腦海裡揮之不去。他假裝，那只是在作夢。在夢裡頭，他又被帶回到那棟瀰漫著血腥味的民宅……

那棟民宅有三層樓高，蓋在一片荒廢的田地旁邊，漆成米白色的外牆上貼著呆板土氣的瓷磚，就跟尋常的鄉下住宅差不多。這一天傍晚，洪旋志搭乘了那對中年夫婦的車，來到他們家門口。

丈夫下車時，還板著一張臭臉。事實上，他沒說過一句邀請的話，全是妻子擅自作主。他顯然對這位不速之客沒什麼好感，從後車廂直接搬起電瓶，自顧自地往倉庫走去，草草丟下了一句話。

「我去充電，應該不會太久。」

洪旋志想跟去，丈夫大手猛揮，制止他跟來。這時，那名妻子上前說道：「到我們家裡喝杯茶吧！」

妻子招呼客人進入屋中，洪旋志剛走到客廳，就瞥見兩個小小的身影快速地竄逃到樓梯上，隱約傳來孩童的嬉鬧聲。他在沙發上就座，左右張望了一下，瞧見家裡堆了許多雜物，小孩子的玩具也散落一地。

不知道為什麼，洪旋志覺得很不自在，心頭一陣不安。他猜想，可能是以往他都是闖空門，這次卻是被主人邀請進門吧？

妻子將手中的購物袋放在餐桌上，拿出一堆在大賣場買來的熟食，有一整隻烤雞、滷味等等，還有汽水、啤酒等飲料。她一邊用盤子裝盛菜餚，一邊問道：「這位先生，我要怎麼稱呼您呢？」

「……我姓洪。」

「洪先生，晚上要留下來一起吃飯嗎？」

「……不用了，我還要趕路。」

妻子側頭看向洪旋志，兩眼盯著他好一會兒，直到他注意到她的視線，她的目光才匆匆迴避。妻子端起那盤烤雞，逕自走進廚房，沒多久，便聽見一陣陣刀切聲，似乎是她在切雞肉。

過了約二十分鐘，去充電的丈夫遲遲沒有回來，竟留洪旋志這個陌生人獨自坐在別人家的客廳裡。更奇怪的是，從廚房傳來的切肉聲一直沒有停過，加上二樓不時響起的孩童打鬧聲，更讓氣氛異常詭異。

忽然間，切肉聲停了，但妻子卻沒走出廚房，洪旋志感到不太對勁，起身前去查看。

廚房裡，妻子雙手掩面，肩頭顫抖著，她面前的砧板上，烤雞被切得支離破碎，那柄菜刀還卡在雞頭上。

洪旋志忍不住伸手握住菜刀，將雞頭切斷，再把菜刀平擺在流理台上。妻子沒有反應，臉孔埋在手掌間，看不見她的表情。

就在這時，外頭傳來丈夫的聲音：「喂！電瓶充好了！」

當洪旋志與妻子走出廚房時，他看了她一眼，她還是那張憔悴無神的臉，看不出有什麼異狀。

丈夫告訴洪旋志，可以借用他的機車騎回去，等修好車後，再歸還機車即可。洪旋志臨走之前，妻子又再問了一次。

「你真的不吃個飯再走？」

洪旋志搖搖頭，隨即向那對中年夫婦告辭。

走出民宅的門口，夜空下的鄉村一片靜謐，不見有何動靜。洪旋志鬆了一口氣，他騎上機車，帶著電瓶，順著產業道路，返回到貨車處，並且，成功發動了車子。

再次上路的洪旋志，直接用貨車載運那輛機車，專程將它送回民宅。

沒想到，洪旋志剛將貨車熄火，車窗便爆出劇烈的拍打聲響。他轉頭一看，那位妻子滿臉是血，死命地朝他呼救。

「救命啊！快救救我的孩子！」

洪旋志趕緊下車，只見妻子身中多刀，血流不止，她整個人倒在地上，她的腳邊拖了一條長長的血痕，一直延伸向民宅的大門。

衝進客廳裡，血腥味立即撲鼻而來。洪旋志見到兩名男孩倒臥在沙發上，細小的脖子幾乎被砍斷，再沒有活命的可能。他再往深處走去，在浴室裡，發現丈夫手持菜刀，靠坐在浴缸邊，他自己割斷了喉嚨，血四處噴灑，染紅了整間浴室，而這名凶手已然氣絕身亡。

洪旋志走出屋外，妻子還仰躺在沙地上，她剩下最後一口氣，發出淒涼的哀求聲。

「……救救我……救救我……」

眼睜睜地看著她死去，洪旋志什麼也沒做，他從來都只會殺人，不會救人。他唯一能做的事，就是不殺她，可是，她卻是被自己的丈夫殺死。

睜開眼睛，過去的影像瞬間消散。那並不是夢，他很明白，因為，他根本沒有睡著。

深夜的客廳裡，洪旋志從沙發上坐起，看見雷米從黑暗中走近。他穿著一襲黑衣黑褲，雙手背在身後，恭敬地說道：「儀式要開始了。」

由雷米領頭，兩人來到通往地下室的樓梯。洪旋志的預感是對的，那扇厚重的鐵門後頭，果然有什麼古怪。

停在鐵門前，雷米從口袋裡掏出一根造型複雜的黃銅鑰匙，插入鎖孔中轉動了好幾下，這才將門鎖扭開。他用肩膀頂住門，以全身的力道將它推開一道縫隙，接著，又是一段向下的階梯。他跟洪旋志一前一後地走著，終於，抵達了地下室。

室內伸手不見五指，洪旋志依稀聽到，在這個空間裡除了他們兩人之外，還有別人的呼吸聲。

燈一開，昏黃的光線下，照亮了一名穿著水手服的短髮少女，她雙手雙腳都被繩索綑綁，臉上掛著眼罩，嘴巴也被手帕綁著。她雖然看不到人，但早已聽見下樓的腳步聲，當雷米與洪旋志站在她面前時，她嚇得渾身發抖。

「這是我為你準備的祭品，希望你還滿意。」

雷米又點亮了第二盞燈泡，照亮不遠處的一座工作台，上頭陳列著一把把常見的家用利器，包括有菜刀、殺魚刀、水果刀等刀具，還有斧頭、鐮刀、十字鎬、電鋸等工具，琳琅滿目。

「我研究過你的習慣，你使用的凶器都是取自於現場，它們看似很平凡，卻很致命。所以，等一下就任你挑選了。」

「我以為，要執行儀式的人是你？」

「她……是屬於你的，我不會跟你搶。」

當第三盞燈泡點亮時，角落裡竟然又出現了另一名被緊縛的女孩。她染著一頭亮眼的褐髮，穿著緊身短裙，癱軟地靠在牆邊，似乎失去了意識。

雷米走近褐髮辣妹，用腳踢了踢她的身軀，說道：「……因為，這個才是我的祭品。」

「……她們是誰？」

「是我精心挑選的目標。」雷米雙手抓住褐髮辣妹，將她硬拖到短髮少女的附近，這才說明道：「我這一個是用網路交友騙來的，她蹺家快一個月了，沒人鳥她；你那一個比較麻煩，那是我昨天在她上學途中綁架的，家人大概已經報警找人了，所以，今晚一定要處理掉。」
雷米的話剛說完，那名短髮少女突然奮力掙扎，一頭撞在雷米的身上，嘴巴裡的手帕鬆脫開來。她正要大喊，卻被雷米推倒在地。
短髮少女明白自己無力脫困，只能哭叫道：「不要……不要殺我……」
雷米無動於衷，他迅速將短髮少女嘴上的手帕綁牢，讓她再也說不出話來。他擺平了這起小狀況後，吐了口氣，一臉嚴肅地面對洪旋志。
「我們可以開始了。請你為我示範，要怎麼殺一個人，我會一步一步地跟著你照做。」
洪旋志沒回話，逕自走到工作台前，挑選了一把菜刀，牢牢地握在手上。雷米情緒高昂道：「我就知道！你還是菜刀用得最順手。」
然而，就在下一秒鐘，意想不到的變化發生了。
洪旋志猛然伸出左手，一把抓住了雷米的手臂，右手手起刀落，當場削下了他前臂的一塊肉。
慘叫聲在地下室內炸開，雷米痛得像被活宰的豬，狂叫不已：「哇啊啊啊！痛死我了啦！你……你在幹麼？」

洪旋志的動作明快俐落，他追擊而上，又抓住了雷米的另一隻手。在這凶惡的殺人魔面前，模仿犯的雷米就像是一隻小雞，毫無招架之力，菜刀揮落，又是一片人肉飛揚。

這一次，雷米連叫都叫不出來，直接痛得在地上打滾，想要逃離殺人魔的毒手。然而，洪旋志卻手握著菜刀，繼續步步逼近。

生死就在一瞬間，雷米激起了生存的本能。他狼狽地衝到工作檯旁邊，抓起一把斧頭，作勢要砍人，卻只是朝空氣亂揮一通。

「我……我要殺了你！」

就在這時，洪旋志忽然右手鬆開，菜刀應聲墜地，這反常的舉動讓雷米完全傻住了。

洪旋志張開雙臂，將胸膛暴露在對手的攻擊範圍內，他大聲咆哮起來。

「來啊！來殺我啊！」

雷米被這如雷的吼聲一嚇，雙腳發軟，整個人往後跌倒，才一屁股坐下，褲襠竟濕潤了一大片，尿液緩緩地滲漏到地板上。

洪旋志露出失望的眼神，他大步走到了雷米面前，奪下對方手上的那柄斧頭，毫不猶豫地一斧劈下。那顆辮子頭的裂口噴出了腦漿與鮮血，斧刃還牢牢地嵌在頭骨上。

這一幕，他彷彿又看到了中年夫婦家廚房的那隻烤雞，心中有著一絲絲遺憾……也許，那一晚，他應該留下來吃頓晚餐。

預謀

在一棟廢棄大樓裡，金柏森挖出了埋在中庭的一只老舊公事包，雖然鎖頭有點鏽蝕，但輸入密碼後，還是成功將它打開。

當初，他掩埋公事包的用意，是以備不時之需，最好的結果，就是永遠不必將它挖出來，就像他深深隱藏的內心世界一般，見不得一絲光明。

公事包裡只有一把手槍，以及數發子彈。它曾經是一樁命案的證物之一，是兇手用來射殺被害人的兇器，理論上，應該被收藏進證物室的角落才對，不過，目前它的紀錄是被通報為失竊品。由於該案件已經三審定讞，它也幾乎沒有存在的價值，自然也沒人會積極去尋找。

金柏森猶豫了一會兒後，還是取出了槍，填好了子彈，快速地離開現場。因為，有一件大事，亟需他即刻前往處理。

走在街上，金柏森壓低著頭，不跟任何人的視線交會，不讓路人發現他長得像電視新聞裡的那位檢察官。如今的他，已經從國民英雄被打成了落水狗，從媒體到網友都砲火全開，痛批著他的失職，造成洪旋志逃脫在外，再度成為社會的不定時炸彈。

金柏森以前就是操弄民意風向的高手，他已練就一身功夫，完全不會被這些言論所影響，但為了避免外界的干擾，他索性關掉手機，不讓媒體有追打他的機會，同時，他也向上司請了長假。此舉正合長官的心意，其實，長官也希望他暫時避避風頭，只是不好說出口，怕傷了他的自尊心，既然他自己也有自知之明，這樣最好，長官很快就批准了他的假單。

專案小組的同事們也以為他的心情低落，在他走出辦公室前，紛紛拍拍他的肩膀為他打氣。然而，大家並不知道，金柏森的內心反而有種輕鬆的感覺，徹底跟工作脫鉤後，才能執行他的下一步行動。

此刻，金柏森的腦子裡都在想著一個疑問，洪旋志怎麼會知道他的祕密？是他的共犯告訴他的嗎？但祕密又是如何洩露出去的呢？除非，他知道真凶是誰。

沒錯，他欺騙了法官、媒體以及社會大眾，但金柏森無法欺騙自己的內心。當年的詹心蕙命案，他明知證據不足，還是起訴郭耀才死刑，只因為詹心蕙是他的好朋友。大學時代，他們曾經交往過，而她竟然遭到殺人魔的凌虐殺害，為了替她伸張正義，他主動要求偵辦這起案子，隱藏他與被害者的關係，盡可能在法庭上消除自己的感情，以免法官和對方律師發現。他隱藏得很好，而郭耀才也被判了死刑。

死刑定讞後，他獨自到詹心蕙的墓前，告慰她在天之靈。沒多久，郭耀才在獄中自殺，這讓他的心中浮現了一絲絲的不安。當他再次檢視這起案子時，愈來愈感覺到凶手另有其人。

他終於發現，原來，他所做的一切，並不是伸張正義，而是復仇。

既然不是以正義為名，那要怎麼做，就憑他的意志來決定吧！

金柏森一路往前走，懷裡正揣著那把凶槍。他要找到洪旋志，而且，不會讓這人有機會再進到法院，當然，也別想對媒體爆料或是勒索他。

等到他與洪旋志面對面的那一刻，他會先逼對方吐出殺詹心蕙真凶的名字，最好，凶手就是洪旋志本人。然後，戴著手套的他，就可以毫不猶豫地扣下扳機，砰的一聲，三審立刻結束，法官就可以下班回家了。

金柏森很明白，他絕對不是什麼英雄。殺人就是殺人，基本上，他就跟那些殺人犯沒有什麼不同，不管是為了什麼動機。

既然無視於法律，也不想美化為正義的私刑，那麼，這就是一場殺戮，只有誰殺了誰而已。

一路上，他行事低調，想盡可能地不引人注目，豈料，還是很不巧地被認出來了。

「金檢！」

有人叫住了他，聽聲音應該是個女生。他一度不予理會，更加快腳步往前走，希望對方沒來得及跟上，或是以為自己認錯了人就這樣離開。

很可惜，他的如意算盤打錯了。她竟然不死心地追了上來，邊追還邊大叫道：

「金檢，你要去哪裡？等等我啊，金檢……」

吵死了！真是個糾纏不清的傢伙！再這樣下去，他的行蹤就要曝光了。眼見四周已經有路人觀望，他不想惹來旁人異樣的眼光，索性直接轉過身來，揪住對方的手。原來，一直苦苦緊追在後的人，竟是孟黛華。

「你還真是陰魂不散啊！」

「我……」

為免太過張揚，金柏森將孟黛華強行拖到了無人處。她並沒有掙扎，反倒還幫忙東張西望地勘查。「又沒有狗仔，那麼緊張幹麼？放心，我現在對躲他們也很有心得。」

他仔細一看，孟黛華戴著鴨舌帽，明顯也是想避人耳目。半路上，意外遇見了她，讓他的計畫不免有些變動。他微微皺了皺眉頭，想盡快打發走她。「你找我，就為了分享躲狗仔的心得？」

「當然不是啦。」孟黛華停頓了一下，續道：「欸，你還好吧？我打去你辦公室，他們說你請假。」

原來，這女孩也會關心他這個宿敵，這倒讓他很意外。「沒什麼好不好的。」

「那你這段休假期間打算幹麼？」

「度假。」

「現在就去？」

金柏森沒好氣地回道：「不行嗎？難道，我還要跟你報告，得到你的批准嗎？」

孟黛華看了看金柏森一身輕裝，問道：「是嗎？可是，我看你什麼都沒帶，不像是要去旅遊。更何況，我覺得，你也沒什麼心情出去玩。」

「別自以為了解我！而且，這也不關你的事。」金柏森的語氣愈來愈不耐煩，他不客氣地說道：「你半路上把我攔住，就只是想譏諷我嗎？你現在是不是很得意？」

孟黛華愣了一下，一臉無辜地反駁道：「我……我才沒這麼想。」

「那你想幹麼？」

「我只是……想關心你而已，不行嗎？」孟黛華被逼得說出實話，不覺有些臉紅。

金柏森沒料到孟黛華會這麼說，怒氣頓時全消了，原來，這個女孩並不像他充滿心機，她比想像中還要單純。

「……我很好，那我可以走了嗎？」

「你有空嗎？我有一個提議，你應該有興趣。」

「什麼提議？」

「既然你沒事幹，要不要跟我一起去調查洪瑋茹命案的真相？」

「沒興趣。」金柏森直截了當地說道：「……除非，你有新的線索。」

孟黛華沒意會到他的冷漠，反而把她這段期間以來所調查到的情報，一五一十地告訴了他。

「……從各方的線索分析來看，我認為，洪旋志並沒有殺死自己的妹妹，真凶應該另有其人。」

「所以呢？」

「我們應該去找出真正的凶手啊！」孟黛華亢奮地說道：「如果，他逃獄是為了要去殺死真凶，為他的妹妹報仇，這不就表示他還有人性嗎？」

金柏森聽完，好一陣子不說話，連孟黛華也察覺到他的不尋常，連忙補充道：

「你也不想再有人死吧？我們不能讓洪旋志殺死真凶！我們必須要找到他們，以免再發生其他慘案。」

金柏森仍是保持靜默，不做任何評論。他心想，洪旋志有沒有人性，是不是殺死自己的妹妹，這都與他無關。唯一引起他注意的，是那名真凶的身分，很有可能，那人也是殺死詹心蕙的凶手。說不定，洪旋志已經跟對方碰面了。

「總之，我現在要去一個地方，你陪我去吧！」

「……要去哪裡？」

「我有個主意，你聽聽看怎麼樣？」孟黛華認真地說道：「想要找到洪旋志在哪裡，就要先進入他的內心世界。所以，我決定土法鍊鋼，重回他曾經犯下六起命案的現場，親身體會他的心境，也許，能夠找出什麼蛛絲馬跡。」

這個計畫聽在金柏森的耳裡，覺得這真是外行人的想法，興致缺缺的他想趕快打發走孟黛華。「別傻了，這不會有用的。」

「嘿，正義的檢察官，你忘啦，我們之間的勝負還沒揭曉呢！」對方不斷地挑釁他，甚至還落下狠話：「你不去，我就一個人去！」

「萬一，你真的遇到他呢？你以為，他會因為你想幫他，就饒你一命嗎？別天真了！」

「我不知道。不過，如果我死了，這就表示他的確沒人性，那這場賭注你就贏了。」

「別拿自己的命當兒戲！」金柏森很不耐煩，口氣不免重了一些，讓孟黛華有點錯愕，心裡也有點小小的感動。

「我知道，你還是關心我的，既然這樣，那就陪我一起去吧。難道，你不想知道真相嗎？」

金柏森無言以對，以前，他也跟孟黛華一樣，把真相看得比什麼都重要，但就像是讀推理小說一樣，知道真相後，你就不會再去關心故事裡的任何角色，死亡人數只是堆砌殺人魔有多凶殘的一個數字。

他看著誠懇邀約的孟黛華，不忍心拒絕，總不能放任她一個人亂跑。最後，他的態度軟化，同意跟她一起前往。

金柏森與孟黛華的第一站，是位於三重的一棟老公寓。兩人站在公寓的門口凝望著五樓，這裡就是洪旋志闖空門案中第一位死者的住所。

這間老公寓的頂樓蓋了很誇張的違建，放眼望去，這一帶，每一棟的住宅都是如此。雖然不合乎法律，但政府也無力拆除，只能放任它們繼續有礙觀瞻。

命案現場已然成了凶宅，死者的家人卻沒有要賣掉的打算，當然，就算他們願意賣，也沒幾個人敢買。

鐵門擋住了兩人的行動，這自然在孟黛華的預期之中。她早有準備，只見她拿出從網拍買來的一套開鎖工具，自己一個人對著鎖頭弄了半天，還是研究不出任何結果，只搞得自己一頭汗。

「欸，怎麼會這樣？」

「讓開吧。」金柏森示意她將位子空出，從地上隨意撿了一根廢棄的鐵絲後，對著鎖頭一轉，才一出手，沒兩下，門就開了。

孟黛華看得瞠目結舌。「哇，檢察官也學過怎麼開鎖嗎？」

白了對方一眼，金柏森懶得回答。

兩人進到屋內，彼此的心裡都有點緊張。雖然說，洪旋志就藏在裡頭的可能性不高，但兩人還是戰戰兢兢的，比起害怕有冤死者的鬼魂在屋內徘徊，他們更害怕殺人魔就躲在門後。還好，一切只是虛驚一場，整間屋子空蕩蕩的，根本沒見到什麼人影。

孟黛華跟在金柏森的背後，兩人大致瀏覽了屋內，什麼也沒有發現。之後，又走進其中一間臥房，也看不出任何異狀。

離當年案發的日期已過了六年之久，更何況，當年，這起案子還沒有受到重視，只被當作普通的強盜殺人結案。後來，在洪旋志連續犯下多起凶案後，檢警才又重啟搜索。

「好像……什麼也沒有嘛。」孟黛華有些失望地說道。

「這還用說！現場經過這麼多次的勘驗，不知道有多少辦案人員在這裡進進出出的，能找的早就都找過了。你以為，檢警真的像電影裡演的那麼沒用嗎？」

「我來這兒，也只是想碰一下運氣，順便體會一下重回凶案現場的感覺嘛。」

憑感覺辦案，果然是女人才有的想法。可看到孟黛華很認真地調查，不禁也打動了金柏森，他的態度不再那麼冰冷，主動說道：「曾經，我也認識一個女孩，她跟你很像，凡事都要追根究柢，不達目的絕不罷休。」

「是嗎？那應該介紹我們認識。搞不好，我們很合得來。」

「很可惜……她已經死了。」

「是喔，她是怎麼死的？生病嗎？還是意外？」

「她是被人殺死的。」

金柏森說得輕描淡寫，卻給孟黛華的心裡帶來極大的震撼，她急著追問後續。

「那你有找到凶手嗎？」

「嗯，那是一個人渣，專門強暴凌虐女人，他在法庭上毫無悔意。最後，是我親自起訴他，讓他被判了死刑。」金柏森的嘴角揚起一抹淒涼的微笑。

「你說的是……那個詹心蕙命案嗎？原來，她是你朋友……」孟黛華本能地追問下去：「所以，你以為，把那個嫌犯判處死刑，就可以替她報仇嗎？」

金柏森沒有第一時間回答，似乎有所顧忌，不願承認自己感情用事，蒙蔽了司法專業。

「……你很喜歡她嗎？」

「我們不是那種關係。」金柏森否認道。「她在學生時代就是我的競爭對手，一直愛跟我唱反調……」

金柏森無意間瞥了一眼孟黛華，有那麼一瞬間，他彷彿看見了昔日好友的影像重疊在她身上。

「我懂了。」

「什麼？」

「他們叫你死神檢察官，卻從來不曉得你為什麼對死刑這麼執著。原來，你有這段過去……正因為如此，你也應該站在死刑犯的角度去想，找出他們在殺人魔外表底下的另一面。」

「……你說對了一件事。」金柏森大聲地說道：「那的確是我的復仇。看到那個嫌犯死了，我感到很痛快！」

「真的嗎？你的表情看起來……有點悲傷……」

金柏森的心突然被刺痛了一下，他不想再多談此事，就在這時，他突然用手指堵住了孟黛華的嘴，示意噤聲。她立刻會意，瞬間安靜下來。

他指了指房間外頭，偷偷地打開了一道門縫，窺伺著客廳的動靜。門後的孟黛華看不到景象，只能壓抑著劇烈跳動的心臟。

難道說，洪旋志真的回來啦？

金柏森打開了衣櫃，將孟黛華推了進去，自己卻留在外頭。

「……你不躲進來嗎？」

「我要逮住他。」

金柏森關上衣櫃前，右手忽然被孟黛華一把拉住，兩人四目交會，女孩的眼神裡流露著擔心，緊緊地抓住他的手不放。

為了讓她安心，金柏森亮出腰間的手槍，孟黛華這才鬆開手。他小小聲地吩咐道：「沒聽到手指敲衣櫃門的聲音，不管發生什麼事，你都別出來，知道嗎？」

孟黛華點點頭，十分配合地將自己深埋在一堆衣物之中。

接著，金柏森關上房門，走到大廳。他確認過，配在腰際的手槍還在，然後，從容地走出了公寓。其實，他根本沒聽到什麼怪聲，只是用了點小詭計，甩開了孟黛華。

這女孩老愛跟他針鋒相對，整整她也好。不過，他並沒有那麼討厭她，最主要的理由是，他待會兒要去的地方，不允許她擅自跟來，以免壞事。孟黛華太過感情用事了，查案更不能只憑感覺。

其實，他早就有線索了。

在山區的那場追捕戰中，金柏森雖然慘敗，但當他倒在地上時，仍努力地認出了那個共犯的模樣。

這個人的長相就印在腦海裡，金柏森很清楚他是誰，就是那個視洪旋志為英雄、四處搗亂的模仿犯。他底下的一位線民，老早就通報這人涉嫌重大，這名嫌犯的相關情報，包括身分與住所，他全都掌握在手中，也一直把此人列為監控的對象。

金柏森還沒有把這條線索告訴警方，因為，他百分之百地肯定，洪旋志就藏身在那裡。他這就要出發，跟這個殺人魔做最後的了斷……

交換殺人

他從來不曉得那個人的真名，對方總是自稱「維克托」。關於這個名字的由來，他其實一無所知。

跟那個人不一樣，他自我介紹時，都會報出本名——「洪旋志」。這就是他，比起「維克托」這個外國名字，他的名字雖然特別了一些，但還是個中文名字。

他與維克托之間的關係，究竟該怎麼定義呢？是「朋友」嗎？從以前到現在，只要有人問起：「你是洪旋志的朋友嗎？」對方多半會說：「不是，我跟他不熟。」因此，他無法斷定，維克托會如何回答這個問題，但如果是問他的話，他想也不想就會說：「對，我們是朋友。」

對洪旋志與維克托來說，這是一段奇妙的因緣。兩人有一個很偶然的共通點，那就是他們都有一個妹妹，更巧的是，他們的妹妹竟然還是同班同學。

他永遠記得那一天，維克托跟他坐在河堤上，分享著一包日本進口的米果，吃起來甜甜鹹鹹的，不算好吃，但有一種從未體驗過的滋味。

他們一邊吃，一邊聊著關於妹妹的話題。

「妹妹這種生物真是很討厭，對吧？」維克托一臉嫌惡地說道。

「是呀！」洪旋志之前為了想掌握妹妹的行蹤，時常在外跟蹤妹妹，結果，被她發現以後，氣了好幾天，導致兄妹關係日漸惡化。「我妹跟很多男人劈腿，她常不回家，都是去跟他們鬼混，害我不看著她不行。」

「那天，你出現在我家樓下，就是在跟蹤你妹？」維克托笑道：「你以為，我就是跟你妹亂搞的男人嗎？」

「我知道不是你。那群傢伙……都是些爛人。」洪旋志皺起眉頭，說道：「而我妹……也變得愈來愈像他們了。」

「討厭的人都會混在一起，就像你妹跟我妹一樣，而對付這種人只有兩種做法。第一，就是設法讓自己再也看不到她們。」維克托發表高論：「再也看不到一個人，就跟她死了也沒什麼兩樣。」

「那第二種呢？」

維克托沒有回答，話鋒一轉，說道：「喂！我們的殺人約定，你還記得嗎？」

「記得，我們擊過掌。」

「我們來『交換殺人』，如何？」維克托解釋道：「就是兩個看似陌生的人，互相去殺對方的仇人。由於找不到動機，所以，警方難以逮捕到凶手。」

「我要殺誰呢？那些爛人嗎？那你呢？你又有什麼仇人？」

維克托拎著零食包裝袋，指著上頭的食物標示，說道：「你知道，什麼是賞味期限嗎？」

洪旋志搖了搖頭。

「……就是告訴你，這包食物在幾天之內吃完最美味。」維克托從袋裡拿了一塊米果咬碎。「我認為，人也有所謂的賞味期限，一旦超過，就不新鮮了……爛人已經爛透了，什麼時候殺都行，可是，有些人……非得在過期以前殺掉不可。」

「那我們應該殺什麼人才對？」

「殺我們的妹妹。」維克托說得冷酷，說得像是在玩網路遊戲一樣。「你去殺我的妹妹，而我去殺你的妹妹。」

這個言論太過聳動，洪旋志一時間無法應對。

維克托繼續鼓吹道：「如此一來，我們都可以獲得初次殺人的經驗。惟有殺了人，我們才能蛻變，變成更美好的自己。」

這番理論太哲學，洪旋志聽不太懂，可他知道這是男人間的義氣，約定好了就不能反悔。他同意協議，只問了一個問題。

「……我們妹妹的賞味期限……到什麼時候？」

「就在她們高中畢業典禮的那一天。」

那時，在洪旋志的心裡，有一半覺得，殺人的確很刺激，但還有另一半則覺得，這只不過是一場遊戲，就跟上次一樣，不會真的有人死亡。

但他徹頭徹尾地錯了。

終於到了星美高中畢業典禮的這一天，然而，洪旋志與維克托所協議的「交換殺人計畫」，才一開始就全盤亂了套。

前一天晚上，洪旋志還跟維克托做最後的確認，兩人約好，隔天早上七點在星美高中的後門碰面，等典禮結束後，再各自尾隨著彼此的妹妹，找機會下手。

沒想到，今天一早，洪旋志不是被鬧鐘叫醒，而是聽見妹妹在浴室梳洗的聲音，那時還不到六點鐘，天色剛亮沒多久。

妹妹比他還早起，這出乎洪旋志意料之外。他悄悄地下床，前去觀察妹妹的動靜，只見她走出浴室，回到臥房更衣，但她穿上的並不是高中制服，而是一套她約會常穿的便服。

洪旋志第一時間想到的是：她並沒有要去學校！

果然，被他猜中了！妹妹換好了衣服，隨即拿出一個旅行袋，開始裝入她的貼身個人衣物。她一邊收拾行李，一邊撥打著手機，電話那頭似乎沒有接通，所以，她不死心地又撥了一次。

洪旋志無法坐視不管，直接闖入臥房，質問妹妹道：「你要去哪裡？」

妹妹立刻掛斷手機，擺出一副臭臉。「我去哪兒，你不用管！」

「我必須要知道！」

「為什麼？告訴你我的行蹤，好讓你跟蹤我嗎？」

洪旋志見妹妹發怒，態度略為軟化。「……今天……不是畢業典禮嗎？」

「沒錯，我記得很清楚！」妹妹惱羞成怒地說道：「我一直在等這一天，不是為了參加那無聊的典禮，而是我……終於可以擺脫你了。」

「……你要離開這個家？」

「對啦！怎麼樣？我已經十八歲了，我想做什麼，沒人可以管我。」

妹妹的嘴臉活像個臭三八。洪旋志耐著性子，低聲道：「至少，給我聯絡方式，以後還可以見面。」

「可是，我不想見到你。」妹妹冷笑一聲，拎起旅行袋，從洪旋志的身旁大步穿過，頭也不回地走出家門口。

洪旋志落寞地望著妹妹的背影，他忽然有種不祥的預感，好像這輩子再也看不到妹妹了。

再也看不到一個人，就跟她死了也沒什麼兩樣……維克托的話，又在洪旋志的耳邊響起。

那一刻，他的內心孳生出一股邪惡的念頭，這樣無情的妹妹還不如死掉算了！

儘管「交換殺人計畫」出了狀況，洪旋志還是硬著頭皮一個人出門，他不想對朋友失約。

七點整，洪旋志一秒鐘也沒有遲到，準時抵達星美高中的後門。與正門口的華麗布置截然不同，這處入口並不引人注目，也沒有什麼人由此進出。為了避免被人關切，他還是找了一個隱蔽的角落，以便等候著他的夥伴。

可是，他等了又等，一個小時過去了，就是不見維克托現身。他有點焦躁不安，偏偏他又不曉得對方的家裡或是手機等電話號碼，也就是說，他等於是完全跟維克托失聯了。

維克托是不是臨時發生了什麼事呢？以前，他不曾爽約過，更何況，昨晚看他的樣子，依然對這項計畫有著異常堅定的信念，沒理由突然退縮才對。

時間繼續流逝，上午九點，畢業典禮正式開始。從那一道圍牆的後方，傳來了音樂聲與喧譁聲，引發了洪旋志的猜想。也許，維克托是跑到學校裡頭去勘查環境了。於是，他決定先進校園看看情況再說。

平日謝絕外人入內的高中，因為舉辦畢業典禮的關係，邀請了許多家長與來賓們前來觀禮，閒雜人士一多，校警便難以嚴格管制，洪旋志便混在人群裡頭，趁機到處閒晃。

大禮堂是畢業典禮的主要會場，師長與貴賓們輪流致詞，畢業生們則賣力地表演節目，洋溢著青春歡樂的氣氛。洪旋志只從遠處觀望，他向來討厭那種場合，索性躲在陰暗處，直到畢業典禮宣告落幕。

離開大禮堂的學生們一時還未散去，紛紛呼朋引伴，拉人一起拍照留念。洪旋志瞧見妹妹班上的同學們，但妹妹從頭到尾都沒出現，他明知如此，依然難掩失望。

除此之外，他也始終不見維克托的蹤影。在走回後門的路上，他不免產生了懷疑，要再繼續等下去嗎？都過這麼久了，維克托八成是不會來了吧？

就在這時，身後傳來了有如風鈴般的笑聲。洪旋志轉頭一看，有一位坐在花圃邊的女學生正咯咯地笑著。她的旁邊並沒有別人，兩手空空，也沒在看書或是漫畫，似乎是想到了什麼好笑的事，自己在那邊樂不可支。

感覺有一陣電流刺激著他的神經，因為，他認出了那個愛笑的女學生。她不是別人，正是維克托的妹妹，他早已記住她的名字——楊千亞。

落單的楊千亞，她嬌柔的身影就暴露在洪旋志的視線之內。沒察覺到異樣眼光的她，以靈巧的動作跳下了花圃，哼著歌，踩著有節奏的步伐，往校門方向走去。

這是關鍵的一刻，洪旋志當下得做出決斷，是否要履行交換殺人的約定呢？如果是，他就要殺死這個就快過賞味期限的少女。

沒花太久時間思考，他的想法很單純，既然昨晚約定好了，不管妹妹是不是走了，也不管維克托有沒有來，他都得遵照計畫行動。

洪旋志跟在楊千亞的後頭，觀察著她接下來會去什麼地方，若是去跟同學會合，再跑去唱歌或聚餐，想要下手就沒那麼容易；若是直接回家，對他也不見得是一件好事，因為，他可能會遇到維克托，這就大大違背了交換殺人的原則——絕不能跟你的夥伴同時出現在同一個殺人現場。

幸好，楊千亞不但沒有往人群走去，反而轉向冷清的校舍走廊，走著走著，四周已看不到其他人。洪旋志本來還以為要跟她到校外，找條防火巷或是廢墟行凶，看來，也許可以直接在學校裡解決。

太過僻靜不利於跟蹤，洪旋志不得不拉長與目標的距離，忽然間，楊千亞的身影消失了。他以為跟丟了，連忙跑上前去，發現那裡有一間家政教室。他別無選擇，只好打開門，走了進去。

「嘻嘻……你偷偷跟著我幹麼？」

一走進室內，洪旋志馬上察覺到自己中計。他迎面就看到楊千亞雙手扠腰，一臉笑瞇瞇地質問他。

洪旋志不予理會，裝作沒聽見，轉身想離開教室，豈料，楊千亞沒放過他，還大喊道：「你別想逃，我可是認得你喔！」

不擅言詞的他繼續保持沉默，楊千亞則像是唱獨角戲似的，自顧自地說道：「雖然我不曉得你的名字，但我知道，你是我哥的朋友，你們常混在一起。」

被目標發現就罷了，竟然，連臉也被認出來了。洪旋志頓時萌生退意，要逃嗎？還是就在這裡動手？

可是，說什麼要殺人，卻連凶器都沒有準備。他立即亡羊補牢，暗中用眼角餘光，搜索著家政教室內可用的工具，意外瞥見了流理台上遺留下來的一把水果刀。他的身體慢慢地朝那兒靠去，悄悄地將右手移近刀子。

「……喂，你怎麼不說話？說呀！你跑來我們畢業典禮幹麼？」楊千亞自行推測道：「是不是我哥告訴你，我讀這所學校？」

洪旋志先是愣了一下，等他穩穩地抓住了那把水果刀後，這才開口，企圖分散對方的注意力。「……我妹妹……也讀這所學校，她是你的同班同學，叫作洪瑋茹。」

楊千亞訝異道：「真的嗎？瑋茹是你妹妹？」

「你跟她應該很要好，她常去你家玩。」

「喔，其實也沒那麼好啦！瑋茹她是很漂亮，不過，就是個塑膠腦袋的芭比娃娃、外貌協會的破麻……啊，不好意思，我這樣說你妹妹，呵呵。」楊千亞甜美的笑容下，吐出了不堪的髒話。

「……很好笑嗎？」

「哎唷，你也別為她打抱不平。你大概不知道，瑋茹都跟我們說你的壞話呢！她說，你是個變態。呵呵，我就不會說我哥的事。我怕，大家會嚇壞了。」

聽見楊千亞提到維克托，讓洪旋志不禁好奇地問道：「所以，你也不喜歡你哥嗎？」

「才沒有女生會喜歡我哥這種怪咖。奉勸你，最好不要跟我哥來往，否則，一定沒有好下場。」楊千亞說到一半，忍不住打量著洪旋志，說道：「……坦白說，你的樣子真的挺嚇人的，要不是我之前看過你，我也怕怕的。」

在談話之間，洪旋志已偷偷將水果刀反手握在背後，就在這時，楊千亞忽然說道：「我知道你要做什麼。」

「……你知道？」

「嘻嘻，我什麼都知道。我偷進過我哥的房間，他的祕密……我全都知道。」

「什麼祕密？」

「好比說，他的房間裡有個玻璃罐，裡頭竟然裝了女人的手指……難道，他沒給你看過嗎？你們不是都一起做壞事？前陣子，那個遊民被人打傷的新聞，就是你們幹的！我哥全都有記錄下來，他還很得意呢！」

有些祕密，洪旋志知情，但有些祕密，維克托並沒有分享給他，他感到他們的友誼被打了一點折扣。

「這次，你們的目標是我。」楊千亞擺出聰明伶俐的表情道：「我哥本來想親自動手，不過，他沒這個膽子，所以……才叫你來。我沒說錯吧？」

「嗯。」洪旋志老實地點點頭，而握著水果刀的手也愈握愈緊，手臂的青筋隱隱浮現。

「果然……但就算計畫被我識破，你還是要做，對吧？」楊千亞無奈地嘆了一口氣。「唉，反正，我反抗也沒用，只能認命了。不過，我有一個要求，可以不要在這裡嗎？」

「有差嗎？」

「對我來說，有差！家政教室……這什麼爛地方嘛！而且，走廊隨時會有人經過，你也不想被人發現吧？」

「那你自己選一個地方吧！」

楊千亞歪著頭想了一想，又露出了那副小惡魔的笑容。

「跟我走吧！」

也好，讓這個愛笑女孩選擇自己臨終的地點，就當作是他第一次殺人的福利。

這是一幕奇妙的景象，一位即將被殺害的女孩，帶領著預謀殺人的男子，走向由她挑選的命案現場，讓洪旋志覺得這個情境很不真實。

以前，他以為女生都一個樣，可是，楊千亞顯然跟他的妹妹是截然不同的女孩。他努力守護著妹妹，妹妹卻極度討厭他；而他明明想要殺眼前的這個女孩，這個女孩卻笑逐顏開。女生真是太深奧了，他完全無法理解。

他一度起了疑心，認為楊千亞可能會把他帶去訓導處或是校警辦公室，讓他像白癡一樣地束手就擒，然而，這一路上經過的地方都是靜悄悄的。最後，他們停在一間倉庫的門口，門牌寫著「體育器材儲藏室」。

「這裡沒有人會來，我們進去吧！」

警覺心令洪旋志卻步。

這裡頭真的沒人嗎？搞不好，這是一個陷阱。

「你怎麼不動？」

「……你看起來……一點都不緊張。」

「誰說的？我緊張得不得了！我是一個不太會流汗的人，可是，你看！我的手心都是汗。」楊千亞把兩隻手掌攤開，掌心的確濕答答的，汗水在陽光下閃爍著。

「那你為什麼在笑？」

「人家的臉就長這個樣子嘛！這是天生的呀！我想，之後在我的葬禮上，躺在棺材裡的我，大概還是掛著微笑吧！呵呵……」

女孩毫不做作的反應，釋去了洪旋志所有的懷疑。他邁開腳步，與她一同進入體育館的儲藏室。

各式各樣的體育器材在偌大的空間裡堆積如山，層層疊起的跳箱布滿了灰塵，籃子裡裝著一顆顆排球、壘球以及羽毛球拍。從玻璃窗中透射出的日照，畫出一道道黑白反差的光影，瀰漫出一股死寂的氛圍。

楊千亞一走進儲藏室，洪旋志就立刻關上門。她轉過身來，說道：「……先讓我做一點準備，好嗎？」

楊千亞害怕的神情中帶著一絲絲興奮，洪旋志隱約在她的身上，看到了維克托的影子。這一對兄妹有著同樣的基因，流著同樣的血液，因此，也同樣的異於常人。哥哥想殺人，而妹妹甘願被殺，早知道這樣，他們乾脆直接說開，也不必搞得如此麻煩。

但是，意想不到的事情發生了。

楊千亞站在牆邊，緩緩地脫下了那套亮麗的高中制服，接著就脫胸罩、內褲與襪子。洪旋志簡直看呆了，他第一次親眼看到女孩子的裸體。

她的胸部很小、屁股很翹，可是，皮膚卻很光滑，身材看似纖瘦，大腿卻肥嫩得迷人。她發現，洪旋志盯著自己在看，害羞得臉都紅了。

「咦？你沒有脫衣服耶！」楊千亞嘟起嘴，像是在責怪著洪旋志。

宛如是被催眠一樣，洪旋志沒有反駁她，儘管他也不懂，殺人為什麼要脫衣服？但他還是傻傻地照著她的話，脫下了全身衣物，一絲不掛地站在她的面前。

「可以了，來吧！」

楊千亞發號施令，可洪旋志依舊愣在原地。他一棒打死過野狗，也狠狠地揍過小混混，然而，這一刻，他竟像初生嬰兒一樣地軟弱無助。

「……我……我要怎麼做？」

「不會沒關係，其實，這也是我的第一次。但我看過網路上的A片，大概知道一點。」

臉頰潮紅的楊千亞，主動走到洪旋志的面前，輕輕握住了他已然勃起的下體。他好像整個人快要燃燒起來，這是第一次有女生這樣撫摸他，原來，女人的手這麼細緻，每根手指都散發出溫熱。

他的性欲不停地高漲，接下來，他很清楚自己該做什麼了，那是一個男人的獸性。他粗魯地將女孩壓倒在防護墊上，楊千亞閉上眼睛，慢慢將雙腿分開，她的肢體有些僵硬，肩膀更是繃得緊緊的。

當男人進入她的體內時，她感覺到一陣刺痛，猛咬著下唇。他沒因此留情，更加激烈地衝撞著她，痛楚交織著快感，她拚了命地忍住，一聲也沒有叫出來。

時間像是凍結一般，不曉得過了多久，直到男人將欲望解放殆盡，之後，他自女孩的身體抽離，陷入呆滯茫然的狀態。他低頭一看，女孩正嬌喘著，顫抖的大腿下流出了一縷縷血絲。

恐懼有如病毒一般，在洪旋志的全身快速蔓延起來。

不應該是這樣啊！這到底是怎麼回事？他做了什麼？她又為什麼會這樣？

他急著穿回衣服，四處摸索著，摸到的卻是那把水果刀。他不自覺地牢牢將它握住，這個舉動讓他找回了一點安全感。

腦中尚在一團混亂之中，那道像風鈴的聲音又吹到他的耳邊。

「你怎麼了？」

楊千亞爬起身來，瞧見洪旋志拿著利刃，但她一點兒也不畏懼，反而朝他爬了過去，手掌貼著他寬闊的胸膛，微微仰起下巴，親吻了他的嘴唇。

洪旋志突然一把推開楊千亞，她仰頭倒下，一臉納悶地看著他。

「我……我做錯了嗎？我以為，大家都是這麼做的？」

洪旋志大吼一聲，嚇了楊千亞一大跳，他舉起水果刀，使盡全身的力氣刺了下去。

一聲巨響，水果刀直直地插在一旁的跳箱上，力道之大，讓刀刃完全沒入木頭中，只留下刀柄露在外頭。

赤裸裸的洪旋志丟下楊千亞，狼狽地逃出了儲藏室，在校舍走廊上狂奔。他沒殺人，卻比殺了人更惶恐萬分。

他這才明白，殺一個人原來有這麼難。她不是布娃娃，她有呼吸、有心跳，她的身體多麼地溫暖……他不想要她死，他要她活著，因為，在他晦暗混沌的世界裡，她是唯一美好的存在。

逼近真相

等了好久好久，衣櫃裡悶熱得不得了，孟黛華開始感到呼吸困難，覺得自己快要昏倒了。

外頭到底怎麼了？一點兒動靜也沒有。難道說，洪旋志把金柏森殺死了嗎？可是，也沒有聽見打鬥聲呀？如果說，只是虛驚一場，那麼安全暗號又為何沒有響起呢？現在到底是什麼情況？

孟黛華忍不住想打開門偷看，但又很害怕。萬一，那逃獄的死刑犯就站在衣櫃前面，等著她探頭出來，一刀砍斷她的脖子，那可就不太妙了。

勉強自己又躲了十幾分鐘，孟黛華知道，再不出去，恐怕會先窒息而死。忐忑不安的她，只好鼓起最大的勇氣，緩緩地推開衣櫃的門。

沒有染血的屠刀落下，孟黛華的頭也還牢牢地連在脖子上，新鮮的空氣撲鼻而來，她總算鬆了一口氣，索性直接爬出衣櫃。

周遭鴉雀無聲，她躡手躡腳地走出臥房，只見客廳裡空蕩蕩的，金柏森已不知去向。她巡了整間屋子一圈，根本只有她一個人。

孟黛華這才恍然大悟，她被捉弄了，被一個極度低劣的惡作劇擺了一道。

氣憤難平的她，立刻掏出手機打給金柏森，可對方卻關機了，擺明著不想面對。她至少在心裡把金柏森罵了一百遍，枉費她關心他，竟遭他如此對待，真是好心沒好報。

仔細回想起來，金柏森這一路上好像都一副心不在焉的模樣，肯定心裡有鬼，表面上，配合她前來調查，實際上，八成另有計畫。

忽然間，孟黛華想通了。金柏森已經知道洪旋志躲在哪裡，所以，他才故意支開她，自己要去抓人。可惡！為什麼這麼慢才想到呢？她好笨，還跟他聊了一堆有的沒的。

等一下，孟黛華冷不防地想到，此刻，豈不是剩她獨自待在這間凶宅內？她頓時感到毛骨悚然，偏偏又不能開燈，四周黑壓壓的一片，而窗戶明明關得緊緊的，卻有一股不知從哪兒滲透進來的寒風，讓她的背脊發涼。阿政常說，女人不怕鬼，老是愛看鬼片，但她其實會怕，雖然她本人超愛看鬼片，但僅限在電影院內跟自家客廳的沙發上。

還是趕快逃走好了。孟黛華趁兩腳尚未發軟，匆匆走到玄關，沒想到，門外傳來了說話的聲音，讓她不敢貿然就把門打開。

靠在門上傾耳一聽，似乎是公寓的住戶們在樓梯間交談，好像是兩個歐巴桑在講附近鄰居的八卦。要是她這時候出去，當場就成了闖空門的現行犯，到時被抓進警局，記者肯定追著她不放，而網路酸民們則又要開始獵巫了。

雖然無法出門，但也不能一直被困在這兒，又等了好一會兒，歐巴桑們顯然是聊開了，看來，一時半刻間還走不了。

再這樣下去也是浪費時間，孟黛華急著去追金柏森的下落，決定去找找看有沒有其他的出路。

她穿過廚房，繞到後陽台，在鐵窗圍住的狹長空間中，除了洗衣機外，還有一堆報廢不用的日常用品。忽然間，她注意到雜物堆的後頭有一扇鐵門，頓時眼睛一亮，利用身材纖瘦的優勢，努力地從縫隙間鑽了過去。

好不容易來到陽台的後門處，她低頭一看，鐵門的上頭只用鐵絲纏繞住。她直呼，真是太幸運了！然後，馬上解開鐵門，毫不留戀地走了出去。

鐵門外的通道連接著公寓後巷的逃生梯，她本以為，可以從這裡順利下樓，誰知道，鐵梯竟在三樓處斷裂。她不是特務，沒辦法縱身躍下。

既然走不下去，僅有的出路就是往上走了。

從三樓又回到五樓，再上爬一層樓，來到逃生梯最高的盡頭，引導著孟黛華抵達了這棟公寓的天台。

從天台看出去的景象，令她瞠目結舌。這一排老公寓的頂樓都蓋起鐵皮屋的違建，而且，一間比一間誇張，有的高達三層樓，有的還裝潢成宮廟的造型，有幾間還用空橋互相連接。之前，她在樓下就曾眺望過，但實際來到現場，不得不佩服萬分，此地住民的建築美學還真是大膽又有創意呀！

她所處的這座天台，就被其中一間連棟的鐵皮屋所占據，完全擋住了她的去路。沿著外牆走，經過一扇扇被木板封死的窗戶，讓她連爬窗也沒機會。屋內聽不見人聲，感覺它不是住家，而是一座倉庫。

再往前走，總算出現一扇鐵門，上頭只有一道門栓，她拉開以後，小心翼翼地走進了鐵皮屋中。

兩大片深紅色的帷幔像是戲劇舞台上常用的簾幕，它微微地往兩邊拉開，露出一條黑漆漆的甬道，看不透深處到底有什麼，感覺格外神祕。

在帷幔的正上方，掛著一塊生鏽骯髒的鐵皮招牌，字跡斑駁而模糊，她勉強認出招牌上寫的字，並喃喃自語地唸了出來。

「……珍奇……博物館？」

孟黛華本來只是想離開凶宅，沒預料到一路亂闖，最後迎接她的會是這個開在天台鐵皮屋的簡陋博物館，不過，這反倒激起了她探險的精神。

不願再從原路折返，她邁開步伐，穿過帷幔，深陷在幕後的黑暗之中。

在原地稍稍地適應了一下，在她的前方不遠處，浮現了一具扭曲的人形，嚇了她一跳。走近一瞧，那是一尊怪模怪樣的小丑雕像，一眼就看出是知名速食店代言人的山寨品，還做得相當失敗。

她繼續往內走，兩旁陸續有一些陳設的物品，像是仿造的復活島摩艾像、黑猩猩的惡作劇套裝、長得像外星人的充氣娃娃等等，與其說是收藏品，不如說是館主低俗品味的大集合。

如果，這間博物館要收費，她絕對不會去光顧。

往好處想，按照這條參觀的路線走下去，說不定，可以找到出口，那她就能成功脫身了。

上了一層樓梯，來到另一處展區，這裡擺了一瓶瓶玻璃罐，裡頭用福馬林液浸泡著小動物的標本，可是，牠們一點兒都不「珍奇」，除了壁虎、青蛙、老鼠之外，也有蛾、蟬、蟋蟀等昆蟲，甚至還有蟑螂。

唯一最吸引她的目光，是單獨擺在一只木架上的標本罐，那居然是一根發腫的人類手指，瓶身的標籤上寫著：「公主的食指」，底下還有用鉛筆寫的詳細資訊，可惜已經無法辨識。

這到底是真的還是假的？未免太噁心了吧！

正當她仔細地觀察著手指標本時，突然有一道微弱的怪聲傳來，聽起來像是有人在發出恐怖的呻吟。

在好奇心的驅使下，她搜尋著怪聲從哪裡傳來，接著，便走到一處長方型的空間。室內空無一人，地板的中央擺著一台投影機，它正將播放出來的影像，投射在前方的那面白牆上。

孟黛華目睹了一段難以置信的影片。

鏡頭在晃動中移動，拍攝的場景似乎在一間老舊的教室裡，窗外隱約看得到翠綠的山巒，這所學校顯然是在深山裡頭。鏡頭緩緩地往下帶去，出現了一位全身赤裸裸的妙齡少女，她宛如祭品一般，橫躺在地板上，在脖子、手臂、大腿等處，都有或深或淺的刀傷，鮮血從傷口處不停地流著，嘴裡則吐出顫抖的哀鳴。

那位赤裸少女……赫然就是洪瑋茹。

這支影片正是洪瑋茹命案的犯罪實況。孟黛華怎麼也沒有想到，會在這棟違章建築裡，發現到如此關鍵的證據。

手持攝影機的人應該就是凶手，他靜靜地觀察著洪瑋茹垂死前的掙扎。她的表情異常地驚恐，而眼神也充滿著絕望，彷彿知道自己沒有一絲絲活命的可能。

孟黛華愈看愈反胃，她將視線從白牆上移開，尋找影片來源。投影機延伸出去的ＡＶ端子線，連接著一台家用攝影機，她正要取出裡頭的影帶時，背後冷不防地響起了沉重的喘息聲。

是誰？誰在她的背後？

巨大的恐怖感襲擊而來，孟黛華直覺不太對勁，她丟下攝影機，轉身想逃，在漆黑之中，竟撞到了一具厚實的身軀。她失去平衡，可還想繼續往前跑，沒想到，頭卻重重地撞在牆上，當下只覺得一陣暈眩，整個人癱軟了下來，意識逐漸飄遠……

……我的頭好痛……這兒是哪裡呀？

孟黛華悠悠轉醒，她感到額頭受了傷，卻無法檢查傷勢，因為她驚覺到，雙手跟雙腳都被繩索反綁，動彈不得。

她被棄置在地板上，仍然沒離開那間放映室。白牆繼續放映著殺人魔所拍攝的影片，場景一樣是在那間深山裡的教室，不一樣的是，被當作祭品的被害者，換成了一位體態豐腴的少婦。

孟黛華不認得這位少婦的臉，恐怕是另一樁未被揭露的犯行。她側頭一看，一名魁梧的男子就盤腿坐在攝影機旁，專心地看著牆上放映的影片。那人她絕不會認錯，他就是洪旋志。

幸運的是，她真的找到他了；不幸的是，自己卻遭到他的挾持。

孟黛華瞧見她的包包被扔在牆角，裡頭的東西全被翻了出來，包括她的手機，雖然這已經侵犯了她的隱私，但她也無法抗議。

洪旋志還不曉得她已經清醒，兀自將才播到一半的影片關掉，從散落在他面前的十幾卷影帶中，挑出其中一卷播放。

在這支影片裡，被殺的是一名化著濃妝的年輕女子，推測是名粉領族。在她一絲不掛的胴體上，只有頸部噴出血來，看得出來，凶手的手法愈來愈純熟，而教室地板的顏色則愈來愈深紅。

一支支驚悚血腥的影片讓孟黛華心驚膽戰。她彷彿看見，影帶中赤裸的女子變成了她的模樣。難道說，那就是她之後的下場嗎？

無論是在法庭上、檔案裡，或是看守所的會客室中，都不能真正體會到被害者的恐懼，直到這一刻，她的感受終於跟她們同步了。跟一個嗜血的殺人魔距離不到兩公尺，任誰都無法克制住心中的被害妄想。

要是能拿到她的手機就好了，那她就可以撥出求救電話……不，如果，這是最後一通電話，她想打給爸爸媽媽，跟他們說：「我好愛你們！」

她也想打給教授說：「對不起，我早該聽教授的話。我真是個傻瓜！」

不，不能就此放棄！她還有求生的機會，這不就是她一路走來的理念嗎？她相信，洪旋志還有人性，如果她是對的，她就能活下去！

首先，必須得跟他說些話才行，但是，要說什麼好呢？請他先放開她嗎？像這樣的話，那些被害者不知道說過幾回，效果可想而知。

她回想起來，每次在跟他對談時，聊妹妹的事最能吸引他傾聽，就用這個話題來賭賭看吧！

孟黛華努力擠出全身的勇氣，開口對洪旋志說道：

「……我看到了……你妹被殺的影片。」

「……那是我播放的。」洪旋志一聽，便停止了錄影機的運轉。他轉過身來，對她說道：「我只是想……再看看她的樣子……因為，除了這支影片以外，就沒有了……」

「……你妹……不是你殺的，對吧？」孟黛華果斷地推理道：「這些影片……也不是你拍的。」

洪旋志像是一個被老師叫來問話的壞孩子，軟弱地點了點頭。

「嗯……都是維克托做的。」

「維克托究竟是誰？你逃獄就是為了找他嗎？他又在哪裡？」

「他……就住在這裡。」

剎那間，孟黛華有如驚弓之鳥，她的頭一公分也不敢轉動，眼神更是不敢亂飄，害怕就在某個房間的角落裡，「維克托」那雙血一般的紅眼正盯著她看。

惡魔誕生

自從星美高中畢業典禮的那一天後，妹妹就再也沒有回過家。

洪旋志的心中感到不安，他試著去猜想，妹妹單純就是離家出走，正跟她眾多男友中的某人同居，散布著她那討人厭的公主病，每天不停地折磨著那些可憐的男人。

若真是這樣就好了。可是，沒多久，他發現「維克托」竟然也人間蒸發了。這讓他那個薄弱不堪的假設，在他的心裡逐漸裂成了碎片。

難道說，維克托真的履行了他們的殺人約定？

其實，既然知道維克托的妹妹叫作楊千亞，要查出維克托的真實身分並沒有那麼困難，而且，洪旋志也知道他住在哪裡。可是，有好一陣子，他不敢靠近那棟公寓，他害怕遇到「她」，那一位在體育倉庫裡讓他驚慌失措的女孩。

他長得一臉凶相，力氣也比別人大，從以前到現在，每個人都對他避之惟恐不及，沒人敢惹他。沒想到，他也會如此懼怕一個人。

花了很長的一段時間，洪旋志才克服心理障礙。為了確定妹妹的下落，他必須親自去問維克托，然而，當他鼓起勇氣來到對方的家門前，那間屋子早已經人去樓空，鄰居也告訴他，這家人在一個月前搬走了。

於是，妹妹的失蹤就此成了一團謎，像是一根吞不下也吐不出來的魚刺，永遠梗在他的喉嚨裡。

沒多久，原本高中肄業、遊手好閒的洪旋志，收到了入伍通知單。沒有人生目標的他，剛好到軍中去發洩旺盛的精力。退伍時，他的體格變得更加強壯，但內心依然空虛無比。

他的第一份工作是在餐廳當洗碗工，因為對師傅動粗，做不到三個月就離職了。之後改在大賣場當倉管人員，這一次，他做不到一個月就走人，改行去當貨車司機。

在公司裡，他認識了一位前輩，兩人經常一起出車。下班後，前輩常常會帶他一起去喝酒、吃熱炒，大概過了半年後，他們的關係變得比較熟了。某天，他們又一起去送貨，前輩忽然對他提出一個大膽的計畫——那就是闖空門。

「每天出車送貨，累得跟狗一樣，不如趁機撈一票，存點退休金。」前輩拿出送貨單。「這單子上的資訊，就是我們最有利的情報。上面註明了哪些人家要求晚上送貨，這就表示白天他們沒人在家，我們就可以安心地進門偷東西。」

就這樣，洪旋志與前輩幹起了闖空門的勾當，並從前輩的身上學會了開鎖的技術。一開始，他的確賺了不少外快，可是，這名前輩在公司的名聲本來就不太好，沒多久，便有同事向公司密報此事，儘管找不到證據，他與前輩兩人還是被公司解雇了。

洪旋志氣不過，他半夜闖入公司，竊走一輛貨車，跑去找前輩，打算跟對方繼續作案。沒想到，那位前輩酗酒過度，竟然中風了，下半輩子恐怕都得躺在醫院裡。

少了夥伴的洪旋志，一個人開著贓車，遊走在城市裡，尋找下手的目標。有時候，他連冰箱裡的食物跟飲料也偷；有時候，他甚至會睡在房仲待售的空屋內。沒有人來教他，下一步該怎麼走？而他又要往哪裡去？

這一天，他開車經過某個舊社區，忽然覺得這裡很眼熟，一瞬間，往日的記憶再度湧現。眼前的那棟公寓，不就是維克托的家嗎？

搖下車窗，他抬頭瞄了一眼陽台，上面晾著未乾的衣服，還種有幾株防蚊的香草植物，表示這間屋子有人入住，不再是間空屋。

像是被一股無形的力量所牽引，他茫然地走下車，朝那棟公寓而去。他的內心重燃起一絲希望，想要解開塵封多年的謎團。爬樓梯直上五樓，他按下了維克托家的電鈴，仔細一想，這其實是他第一次造訪。

空等多時，遲遲沒人出來應門。看來，屋主並不在家，也不知何時會回來。他索性就取出開鎖的工具，強行打開鐵門。

踏入屋內，裡頭只是一般的住家，三房兩廳的格局，無論是裝潢或是家具，都沒有任何特別之處。雖然尚未見到半個人影，但的確有人住在這裡，放在桌上的吐司麵包，製造日期標示出是今天凌晨，應該是剛買不久。

穿過客廳，他來到第一個房間前。一推開房門，突然間，半空中一團團小黑影衝了出來，撲向他的臉。他嚇了一跳，本能就揮手格擋，意外抓到了其中一團在掌心裡，定睛一看，那是一隻飛蛾。

那一群蛾狂亂地在房間裡飛舞，他懶得一一撲打，乾脆將窗戶打開，讓牠們自己主動飛走。這間臥房十分整潔乾淨，唯一不自然的東西，便是書桌上的那一盒紙箱，箱內有一顆顆破裂的白繭，桑葉與蟲糞散落在四周，飛蛾顯然就是從這兒孵化出來的。

不管是客廳還是臥房，幾乎找不到跟屋主身分有關的物品。房裡有一台電腦，但需要輸入開機密碼，他對這方面一竅不通。其他兩間房都是空的，除了四面牆壁以外，什麼也沒有，令洪旋志覺得愈來愈古怪。

最後，他依然無法確定，住在這裡的人到底是不是維克托？也許不是。算算從那起事件之後，都已經過了五年，搬進公寓的可能只是另一個陌生人。

不！沒看到人之前，他不會死心。

他決定等候下去，直到屋主現身為止。等著等著，天色漸黑，他也愈來愈睏……

從淺層睡眠中被驚醒，忽然感覺到頸部一陣冰涼，他猛然睜開眼睛，只見一把銀亮的殺魚刀就抵在他的脖子上。

拿著殺魚刀的人冷冷地站在他的面前，那是一個穿著黑色運動外套、戴著絨帽的男子，室內朦朧的光影在他的臉上交錯著。

「……維克托。」儘管多年不見，洪旋志還是認出了他。

「果然是你。」維克托將刀鋒從洪旋志的脖子上移開，他隨手將殺魚刀扔在茶几上。「我一直有這種預感，總有一天，你一定會找到我。所以，我才又搬回這裡來，等了好幾年，而你也真的出現了。」

維克托的神情難掩興奮，為了招待洪旋志，他端出了罐頭小菜與一打啤酒。隨後，兩人就坐在沙發上一邊暢飲，一邊敘舊。

洪旋志說起自己這些年來的發展，也透露出他的職場之路很不順遂，甚至連闖空門的事，也毫無保留地告訴了維克托。

「你的工作經歷比我豐富多了。你看我，到現在都還沒有工作，只能在家當阿宅。」

不知不覺間，兩人聊到了深夜，一度也聊起以前的那段荒唐事，像是打死流浪狗、襲擊遊民等等。然而，他們的話題總是避重就輕，兩人似乎都有什麼話想說，卻偏偏又在鬼打牆，聊到後來，已經無話可說，客廳中，瀰漫著一股可怕的寂靜。

洪旋志盯著維克托，他的眉宇間依稀殘留著當年那位少年的青澀痕跡，可是，整個人的感覺已經判若兩人。

「你跟以前……不太一樣了。」

「你看得出來！沒錯，我蛻變了。」維克托的語調陡然拉高。「說真的，我要感謝你妹妹。她對我來說，是很重要的人。」

關鍵字終於被引出來了，洪旋志把握住機會，問道：「既然說到我妹妹，我想問你，你知道我妹妹去哪裡了嗎？」

「我知道。」

洪旋志的全身一震。「她在哪裡？」

維克托笑道：「……當然不是在我家啦！你想見她，對吧？不如明天一早，我帶你去看她。」

照理說，洪旋志應該繼續追問妹妹的事，像是住在哪兒？過得好不好？有沒有她的聯絡方式等等，可是，他卻一句也沒有問。

「今晚聊得很開心，也謝謝你願意告訴我這麼多事，你對我很坦白。」維克托一臉歉意地說道：「老實說，我以前有很多事都沒有告訴你……好比說，你知道，我為什麼要叫作『維克托』嗎？」

洪旋志搖搖頭。

「他……是一個化身。如果有一天，我殺了人，或是做了什麼犯法的事，有人問起我的名字，我就說，我叫作維克托。這樣一來，所有我犯下的罪孽，都是維克托幹的。」

「那這個維克托……真的存在嗎？」

「他存在。只不過，需要透過某種儀式，才能讓他誕生。」維克托的眼神散發出詭譎的光彩。「你應該猜到了吧？我們那個約定……就是讓維克托誕生的儀式。」

這一夜，洪旋志根本難以入眠，他在沙發上翻來覆去。天一亮，他立刻跳起來，跑去臥房叫醒維克托，希望可以早點出發。

一進到房間，只見維克托早已起床。他端坐在書桌前，呆呆地看著那個骯髒的紙盒，盒子的角落裡，有一個完整無缺的蟲繭，他正對著它喃喃自語。

「你還是不肯出來嗎？哼……沒出息！死在裡頭也好。」

維克托注意到門邊的洪旋志，他不等對方催促，主動說道：「你準備好了嗎？等一下，我們就開車去找你妹妹……不過，在出發之前，有個東西我想讓你看看。」

於是，維克托便領著洪旋志，兩人從後陽台的逃生梯，一路上了這棟公寓的天台，來到那間違建的巨大鐵皮屋中。

「歡迎光臨我的博物館。」

維克托熱情地為友人一一介紹著館內的珍藏品，然而，洪旋志卻顯得有點兒不耐煩，不時問道：「看完了嗎？可以出發了吧？」

「等等，我真正要給你看的東西，就在後面而已。」

維克托加快腳步，來到一間放映室。他先請洪旋志就座，接著，便從一只防潮箱中取出了一卷影帶，放入錄影機內。

「等你看完這支影片，我們就馬上出發。」

洪旋志本能意識到，維克托在防範著他，從眼角餘光中，維克托的右手握住一根鐵撬，走到離他十步的距離外，這才按下遙控器的播放鍵。

投影機在白牆上打出影像，晃動的主觀鏡頭中，攝影者一手推著行李箱，一手拿著機器在拍攝，先走過一段登山步道，中途臨時轉向，改走進一片森林裡，最後，停在一棵巨大的杉樹前。

那只大型行李箱被打開，箱內赫然出現了一具少女的屍體，她不是別人，正是洪瑋茹。

維克托沒在看影片，全神貫注地監視著洪旋志的一舉一動。出乎意料之外，洪旋志安靜地盤腿坐著，臉上的表情與其說是驚愕，倒不如說是呆滯。

「你的反應……比我想像中的還要平靜。」

「我……早就感覺到，她已經死了，只是沒有親眼看見。」

「你妹妹的屍體……被我埋在倒吊蓮山上。我選了一個很特別的地點，作為我第一次殺人的紀念。除此之外，我把埋屍的位置記了下來，也是為了等待這一天，好讓我可以親自帶你去看看。」

「……不用去了，我不想看了。」

維克托也不勉強，他點了點頭，關掉洪瑋茹的影片，說道：「那我們就在這兒繼續欣賞影片，如何？我還有其他的收藏，也許，會有你喜歡看的。」

更換影帶後，牆上影片的主角也換了一名女孩，年紀很輕，她全身赤裸地躺在染血的地板上，正瀕臨死亡。維克托在一旁解說道：「這個地點……我好不容易才找到，是在坪林山區的一所廢棄小學，我將它當作祕密基地，在這裡殺人非常隱密，不會被人看到。」

「每一個被你殺死的人，你都錄起來了？」

「嗯，錄影很重要。所謂眼見為憑，以後，看到影片的人，會認為自己看見了真相，然後，大家就可以了解我眼中的世界。」

「但也會成為你的犯罪證據。」

「是呀！我常在想，總有一天，會有一個人抓到我，然後，把我送上死刑台。」維克托的聲音聽起來有些憂鬱。「可是，我殺了很多人，卻從來沒人懷疑過我，也沒有警察來調查我。坦白說，是有點空虛……」

「你真的想被抓到？」

維克托大笑了起來。「哈哈哈，怎麼可能？我開玩笑的。其實，我以前就懷疑過自己，能不能變成這樣的人？本來我比較看好你，但是你卻讓我失望了。當年，你沒殺死我妹妹，現在，你跟我的差距愈來愈遠了。」

這番話，觸動了洪旋志的心靈深處，在那裡藏著一段既痛苦又美好的記憶。他認為，有必要把這個祕密向這位友人坦承。

「……關於這件事，我一直想要告訴你，但我找不到你，所以……」

「我知道你要說什麼。你很想履行約定，但你一看到我妹妹，就殺不下手，對吧？沒關係，我不怪你。」

「不是的，我……我對你妹妹……我……」

「還是說，你想再去殺我妹？以為這麼做，就可以追上我的進度嗎？那倒是不用了。」維克托神色從容地說道：「因為，我已經親手殺了她。」

剎那間，洪旋志的腦海彷彿燒成了一片死灰，連同那女孩小惡魔般的笑靨、她雪白的胴體、她肌膚的濕潤與溫暖，全都被掩埋在無邊無際的餘燼裡……

「你想看看嗎？我可以播給你看……」

維克托沒察覺到洪旋志的異狀，他背朝對方，在防潮箱前翻找著影帶。就在這時，一陣強力的重擊打在他的後腦勺，迅速刺激了痛覺神經。

踩著踉蹌的腳步，維克托轉過身來，他親眼目擊到，高高聳立在他面前的不是人，而是一隻面目猙獰、前所未見的駭人怪物。

那隻怪物充滿了憤怒與憎恨，牠單手就將維克托壓倒在地，揮舞著狂暴的拳頭，死命地毆打他。毫無反抗之力的他，頭顱當場被打得凹陷變形，鼻孔與嘴巴也不斷噴出鮮血。

維克托仰躺在地上，他模糊的視野全被怪物龐大的身影所占據。他很清楚發生了什麼事，平靜地接受著即將死亡的事實。

「……恭喜你，你完成了……屬於你的這個儀式。」

怪物手足無措地望著維克托，說不出一句話。

維克托不再感到疼痛，取而代之的，是感官逐漸麻痺。「……我就要死了……但是，維克托不會……他……會變成你……」

誰也想不到，那隻怪物突然大哭了起來，哭聲震耳欲聾，這恐怕是牠有生以來，第一次哭得如此狼狽。

「別難過……我的……好朋友……」

維克托安慰著那隻傷心的怪物。

「你瞧……」維克托用最後一口呼吸，吐出了他所說過最溫柔的話語：

「……殺人……很簡單吧？」

公寓的客廳裡，一具頭顱畸形、死狀悽慘的屍體，歪倒在地板上。

他是誰？是楊千亞的哥哥，是這房子的屋主，是一個在家待業的宅男。不管他是誰，他死了。人死了，絕對不可能復活。

屍體丟在這兒，遲早會被人發現，但洪旋志不想有人亂闖天台上的博物館，因此，他扛著這具屍體，一路走下了逃生梯，搬回公寓裡頭。

他怔怔地站在屍體旁邊，還沒有離開的打算。他腦子裡想的，不是如何湮滅犯罪證據，而是思考著好友對他所說的每一句話，包括那些他聽得懂的，以及他聽不懂的怪異理論。

忽然間，他聽見了奇怪的聲音。縱然那是一道極為細微的聲響，但此刻的他，哪怕是一根針掉在地上，他也能聽得見。

走進傳出怪聲的臥房，他看向書桌上的紙盒。原本未孵化的那顆蟲繭，終於開始破裂，很快地，從洞口裡鑽出了一隻新生的蛾，正緩緩地舒展羽翼。

這一幕，讓他看得如此著迷。他從來沒有想過，明明是那麼醜陋的蟲子，背上長出來的翅膀卻是多麼的美麗。

最後的對決

一通手機傳來的訊息，讓金柏森駕車以一百二十公里的時速，一路呼嘯而行，穿越深夜中的雪山隧道。

半小時前，金柏森根據掌握到的祕密線報，抵達這處坐落於農地間的豪宅。當他一瞧見這間屋子門戶洞開時，就直覺事情不太對勁，於是，他掏出早已預備好的手槍，提高警戒，小心翼翼地走進宅第的大門。

果然，來晚了一步！他沒見到洪旋志的蹤影，只在地下室找到了那名叫作雷偉鈞的模仿犯，他已然慘死於斧頭下。如此殘忍而俐落的殺人手法，凶手除了洪旋志以外，不作第二人想。

看樣子，應該是洪旋志與雷偉鈞之間發生了內訌，導致前者憤而殺死了他的共犯，這是最合理的推斷。

金柏森在現場還發現了兩名被綁架的少女，他立刻將她們鬆綁，但兩人驚嚇過度，連話也說不清楚，根本問不出什麼情報。

暫時把兩名女孩帶到客廳，簡單安撫完她們的情緒後，金柏森便用室內電話打給當地警方，要他們前來處理。當然，他並沒有自報身分，也沒透露這件案子與洪旋志有關。

在警方抓到洪旋志之前，金柏森要搶先逮到他。可是，洪旋志到底去了哪裡？

返回座車，金柏森將之前關機的手機重新打開，連上網路，想碰碰運氣，看能不能查到一點線索，或是再打給他的線民，要對方協助找人。

就在這時，手機傳來了一則 Line 的訊息。他滑動螢幕一看，發訊者是孟黛華，留言是一則語音訊息。稍早之前，她被他騙進衣櫃，他本以為，她只是要痛批他一頓，一按下播放鍵，卻聽見她發抖慌亂的聲音。

「……喂？你聽見了嗎？我……人在那間凶宅的天台。是他……他就在這裡……」

孟黛華的話說到一半，突然消音，像是有人緊摀住她的嘴巴，接著，聲音切換成另一道低沉渾厚的嗓音，金柏森絕對不會認錯，那就是洪旋志的聲音。

「……金檢，想看我處刑嗎？我……只邀請你一個人來。」

語音播畢，這起事件的發展跟著急轉直下。金柏森怎麼也沒料到，洪旋志真的回到當年的案發現場，理由還不得而知，但孟黛華已成為他的人質，甚至出言恐嚇，威脅要殺死這個女孩。

眼看孟黛華命在旦夕，而洪旋志還逍遙法外，金柏森沒有第二種選擇，他立刻發動汽車，火速驅車北返，務必要阻止下一場悲劇的發生。

飛車從宜蘭直衝回台北，還不到一個小時，金柏森已開下三重交流道，來到那處老舊的住宅區，停在那一棟凶宅公寓樓下。

他隻身一人走進公寓，能夠依賴的只有手中的那把黑槍。以往，他的身邊總有大批警力跟隨，今晚，他並未呼叫任何支援，不光是因為洪旋志要求他一個人來，而是他的行動原本就不想被人知道。因為，他將要在這裡殺死洪旋志！

這一次，他不會再猶豫，一旦有機會，就會扣下扳機，將這名死刑犯擊斃。隨著洪旋志的死亡，正義將得以伸張，而金柏森無法見光的祕密，也可以跟這個死有餘辜的罪人一併埋葬。

金柏森走上五樓，經過凶宅門前，為求謹慎，他還是進屋查了一遍，確定無人後，這才轉往頂樓。

一踏上天台，擋住他去路的是一間兩層樓高的鐵皮屋，唯一的入口是一扇敞開的鐵門，很明顯，就是要引誘他往門裡走。

金柏森站在原地不動，他開始思索，洪旋志要他來此，必定有什麼目的，是為了殺他洩憤嗎？如果是這樣的話，那屋內恐怕布下了重重陷阱。

但也有可能，他想錯方向了。洪旋志會不會是找到什麼證據，想找他洗刷冤屈，希望能逃過死刑呢？他像是這種怕死的懦夫嗎？

距離天亮還有一個多小時，金柏森似乎已經預見到，這一切，將在這個夜晚做出最後的了結，他注定要跟洪旋志正面對峙，至於誰會死、誰會活，只能聽天由命。

心已定，金柏森不再徬徨，勇敢地走進了這座名為珍奇博物館的鐵皮屋中……

雙腳站定在這處超級違建的屋頂，洪旋志從這座天台上的天台，俯瞰著底下一片醜陋破落的公寓群，有多少人如同螞蟻般聚集在這一帶，卻沒有一個人注意到他的存在。媒體全都說，他引起了整個社會的騷動與恐慌，但實際走進這座城市裡，他又是何其渺小。

仰起頭，凝視著灰濛濛的夜空，記得很多年以前，他與維克托坐在河堤邊，那是一個與今晚相似的黑夜。他曾經對維克托說，有時候，他會覺得自己不是自己，而是另一個陌生人。直到現在，他還是有這種感覺。

所以，當他做一些令人們恐懼的行為，不管是鬥毆抑或是殺人，他既不感到快樂，也不帶一絲興奮，甚至可以說，他沒產生任何情緒。

只有一個例外，那就是他第一次殺人的時候。

殺死維克托，讓他痛苦得不得了，這個後遺症糾纏了他多年。他以為，繼續殺人能夠麻痺痛苦，但這個方法根本沒效。直到被關在監牢裡，他還在想著這個病症的解藥。

然後，他想通了。

如果他覺得，自己應該是別人，那麼，別人也可以覺得自己是他。聽起來很玄，但這大概就是維克托想表達的理論吧！

原來，維克托一直想成為他。

他慢慢領悟了那個儀式的意義。維克托成功了，如今，維克托已經寄生在他的體內，就像不斷蔓延的癌細胞，正逐漸奪走他的生命。

再撐一下吧！就快結束了。

來了，那個人總算來了！腳步聲由遠而近，一步步地踏上階梯，金柏森的身影出現在屋頂上，正如他的預料，這位檢察官是一個人來。

金柏森一看到他，二話不說就舉起了手中的槍，而他也早有準備，他的右手握著一柄殺魚刀，刀鋒抵住了身旁那位女孩的頸部，她就是被當作人質的孟黛華。雖然孟黛華的手腳已被鬆綁，可是，殺人魔的利刃冷冷地貼著脖子，她完全不敢輕舉妄動。

洪旋志挾持了孟黛華，與金柏森正面對峙，兩人相距約二十步，氣氛異常地緊繃，稍微引燃一點火藥味，現場可能就會血濺四處。

「你到了，那麼，死刑就可以開始了。」洪旋志宣布道。

金柏森試圖勸說：「她一直想要幫助你，你就放過她吧！」

「要被處刑的不是她。」洪旋志一臉嚴肅地說道：「今晚，是我的死刑。」

「什麼意思？」

「你不是想殺我嗎，死神檢察官？這次，就由你來擔任劊子手吧！」

金柏森露出懷疑的眼神道：「你以為，我還會再上一次當嗎？」

「上次在坪林山區，是因為有人攪局，那並不是我的本意。現在我覺得，死在這個地方，比上次那裡更合適。」

「你為什麼想死？嫌死刑等太久嗎？」

「這不關你的事。反正，你不殺我，就是你們死。」洪旋志的右手輕輕一動，在孟黛華的脖子上劃出一道淺淺的血痕。他見金柏森還是不動如山，右手高高地舉起刀子，對他喝令道：「開槍啊！」

「如你所願。」

金柏森扣下扳機，火花從槍管迸發。

高速的子彈準確地射中目標，只見那柄殺魚刀遠遠地彈飛了出去，在清亮的聲響中，掉落在屋簷上，而洪旋志的右手前臂則冒出了彈孔，頓時鮮血橫流，他本人則是一臉錯愕。

「我不會殺你！至少，今天不會。」

金柏森的左手一揚，亮出了一卷影帶，說出了他的推論。

「沒想到，你一直都知道詹心蕙命案的真相，而這卷帶子，正好拍下了她遇害前最後的影像。

「就跟你說的一樣，我抓錯了凶手，判錯了死刑。對，我的確想殺了你，埋藏這個不可告人的祕密。可是，比殺人滅口更重要的是，將真凶的身分跟他的所作所為，以及那些被遺忘的死者，全部公諸於世。

「這名真凶，就是這棟公寓五樓及天台的所有者——楊紀中，也是被你殺死的首名被害者，對吧？」

金柏森正色道：「洪旋志，我要逮捕你，好讓你在法庭上，揭發楊紀中的罪行。」

那一刻，洪旋志的臉孔扭曲了，憤怒的情緒宛如炙熱的烙印，焚燒著他的五官。他幾乎聽見了，腦內理智崩裂的轟然巨響。不！這不是他要的儀式！他不應該還活著！

他大吼一聲，宛如一隻走投無路的野獸，以他八十公斤的健壯軀體，筆直地衝向金柏森。對方舉槍瞄準了他的左大腿，又再開了一槍，企圖阻止他逼近。

豈料，中槍的他似乎不痛不癢，速度完全沒有慢下來，一記重拳揮去，打在金柏森的右臉頰上，力道之重，打得對方身體歪斜。眼看對方就要跌倒，他第二拳擊中對方的腹部，金柏森的舌頭外吐，痛得連手槍也握不住，頓時失去了武器。

洪旋志發了瘋似的攻擊金柏森，彷彿把他當作一只人肉沙包，這已經不是一對一的鬥毆，而是單方面的凌虐。他沒去計算自己究竟打了幾拳，但他知道，只要再一拳，金柏森就會被他活活打死。

就在生死一瞬間，激起了金柏森的本能反射。在那致命的一拳正要揮下之際，他突然像拳擊手一樣撲上前去，緊緊地抱住了洪旋志。

洪旋志想要甩開金柏森，然而，對方死命地鉗住他，兩人扭打在一起。一陣混亂中，他們猛撞在天台角落的鐵欄杆上，竟把一排鏽蝕的欄杆撞斷。兩人失去重心，從頂樓摔了下去。

「金柏森！」

孟黛華眼睜睜地看著金柏森與洪旋志兩人一起墜落天台，她用盡殘存的力氣，好不容易才拖動那雙不爭氣的軟腳，連忙跑到屋頂邊緣，往下方望去。只見兩個男人撞破了遮雨篷，摔在一棟廢棄違建的陽台中央，一時之間還爬不起身。

率先站起來的人是洪旋志，他搖晃了一下腦袋，左右張望，搜尋著敵人的下落，而金柏森就躺在他的背後，尚未恢復意識。

再這樣下去，金柏森會被殺死的！孟黛華必須救他才行，但她不可能從這兒跳下去，只能設法找別的通路。她一秒鐘也不能逗留，趕緊轉身，奔向天台另一端的鐵梯。

慌忙之中，孟黛華跑下了鐵梯，一到陽台，瞧見洪旋志已經一腳踏在金柏森的頭上，她從未看過一個人的眼神如此狂暴，那根本不像是人類該有的面孔，令人不寒而慄。

一股強烈的殺氣讓金柏森驚醒，可是，他身處劣勢，猶如砧板上的魚肉。洪旋志的雙臂齊伸，兩手扣住獵物的脖子，輕而易舉地把他抓了起來。

洪旋志將他愈勒愈緊，十指陷入金柏森的頸肉，壓力逐漸阻塞了底下的血管與氣管。金柏森的臉色從白變青，鬼門關正緩緩地為他打開……

孟黛華大驚，情急之下，她瞥見地上散落了一堆鐵工器具，想也不想，本能就抓起其中的一根鐵撬，直衝向洪旋志。

洪旋志感到被人撞了一下，他當場愣住，掐住金柏森的動作也隨之停止。他轉頭一看，攻擊者是孟黛華，她用鐵撬的尖端刺中了他的側腹。

孟黛華嚇得往後退開，鐵撬也從洪旋志的身上抽離，傷口刺得並不深。洪旋志一點兒也不在乎傷勢，他只是呆呆地凝望著孟黛華，神情充滿了懷念與眷戀，彷彿把她當成了另一個女孩。

就在這時，洪旋志做出了意想不到的舉動。他伸掌抓住了孟黛華的雙手，強行控制住她手中的鐵撬，竟直接朝他自己的左胸用力刺了進去。

鐵撬一寸寸地往心臟插入，洪旋志親手引領著孟黛華，一步步地執行著他所渴望的儀式。

剎那間，孟黛華與洪旋志四目交會，她赫然從他罕見溫柔的面容裡，找到了她一直在追尋的東西——殺人魔的人性。

情勢變化得太過匪夷所思，當金柏森回過神來的時候，只見洪旋志推開了孟黛華，他雙手握住鐵撬，猛然將它拔了出來。在一陣鮮血狂噴中，他仰天倒下，重重地摔在地上。

金柏森連忙跑到洪旋志的身旁，趕緊壓住他的傷口，可是，血根本止不住，他的心跳愈來愈衰弱。

「你給我起來！你沒那麼簡單就死啊！」金柏森拚命為洪旋志做心肺復甦術，想要挽回這個殺人魔的一條命。他自知無望，仍向對方大聲喊話：「你不准死！撐住！」

洪旋志張大著嘴巴，好像想說什麼，但發不出一絲聲音，他唯一的回應，只有用自己的血，染紅了金柏森的雙手與上衣。

這一頭，孟黛華茫然地站在原地，全身顫抖個不停。是她……殺死了洪旋志，這個她極力想要救活的人，最後，卻死在她的手上。

孟黛華轉頭想求救，看見金柏森就在她的身邊，她想走向他，雙腳卻忍不住發軟，幸好金柏森及時摟住了她。孟黛華再也壓抑不住崩潰的情緒，撲進他的懷中，雙手緊緊地抓著他的臂膀，宛如在大海裡抓住了救命的浮木。

歷經生死關頭的兩人，在這最黑暗的時刻擁抱在一起，升高的體溫、劇烈的心跳，都讓他們第一次感覺到，自己的存在竟是如此真實。

天際畫開了一線微光，終結了這個黑暗的夜晚，迎接著黎明的降臨。

孟黛華與金柏森兩人互相倚靠著對方，坐在違建的陽台上，一個驚魂未定，一個滿身血污，而在這兩個人的身後，還躺著一具死刑犯的屍體。

金柏森掛斷手機，他已呼叫警方趕來善後，當然，媒體一定也蜂擁而來。他會面對這一切，至於社會大眾如何評判，他都無所謂。活著的人，還得繼續忍受旁人的指指點點、吵吵鬧鬧，相較起來，死掉的洪旋志就清靜多了。他到底是怪物？還是凡人？隨人們怎麼叫，他再也聽不到了。

離開這裡之前，金柏森還欠孟黛華一個道歉。

「……我犯下了可怕的錯誤。你說得對，人不是蟑螂，而我也不是神。不管是多麼該死的人，都不應該背負著他未曾犯過的罪。」

孟黛華雙手抱著頭，聆聽著金柏森的懺悔，心中一片茫然。她以往所追求的信仰、堅持的理念，在這一刻都蕩然無存，她整個人感到無盡的茫然與空虛。

「現在，洪旋志死了，真相也被殺死了。這世上，再也沒有人知道他跟楊紀中之間的事了。」金柏森一臉遺憾地說道。

一瞬間，孟黛華的腦海裡又浮現起那些恐怖影帶裡的畫面，被害女子的慘叫、滲透地板的鮮血、殺人凶手的呼吸……

忽然間，孟黛華抬起頭來，她雖然看向金柏森，視線卻像是貫穿他的後腦勺，不知道看向何方。

「怎麼了嗎？」

孟黛華神情恍惚地站起身，問道：「……你有沒有聽到什麼聲音？」

「什麼聲音？」

聲音顯然不是來自金柏森，但這裡除了她與他之外，還有誰會出聲？難道會是……

孟黛華不由得寒毛直豎，她膽戰心驚地走近那具屍體，然而，屍體動也不動。她迅速別過頭去，不敢多看他一眼。

「我確認過，他的心跳跟脈搏都已經停止了。他是真的死了。」

當孟黛華開始懷疑自己的耳朵時，那道聲音又再次響起。她慌亂地在原地轉圈，試圖尋找聲音的來源。

金柏森察覺出她的異狀，追問道：「你到底聽到了什麼聲音？」

「我……我聽到了嬰兒的哭聲。」

「你聽錯了吧！」

不，她真的聽到了！

孟黛華又再看了那具屍體第二眼，她反倒希望他變成喪屍爬起來告訴她，那道聲音就是他搞的鬼，可是，死人不可能復活。

哭聲又傳來了，她聽得愈來愈清楚，那不是悲傷的哀鳴，而是新生的驚叫……

就在這時，遠方傳來了警笛聲，干擾了她的聽覺。

她決定閉上眼睛，專心傾聽。那究竟是從哪兒發出來的怪聲呢？

憑藉著敏銳的感官，孟黛華循聲而去，一步步地穿過了天台。她聽得更加仔細，那個聲音只是近似嬰兒的哭聲，但並不像是人類所發出來的，她從沒聽過這種怪聲。

然後，她張開眼睛，眼前的樓梯盡頭，是通往珍奇博物館的那一扇門。門敞開著，入口宛如是通往地心的深邃黑洞，怪聲就是從那兒來。

明明漆黑一片，她竟隱隱約約地看見了，門口浮現了一隻前額分裂、長著尖刺尾巴的畸形胎兒……

更不可思議的是，那隻怪胎的臉孔，竟然長得跟她一模一樣……

後記

夏佩爾
烏奴奴

人性，真的是每個人與生俱來的嗎？在這世上，究竟有沒有絕對的惡？

在卡夫卡的小說《變形記》中，描寫主角忽然從人變成了巨大的蟲子，縱使內心還是人類，大家卻把他當成怪物；然而，假如今天反過來，有一個外表看似人類，內心卻是怪物的人，那他到底是人？還是怪物？

記得某一天，我們跟烏奴奴的大學同學鄭匡宇在咖啡館聚會，對於死刑議題與人性善惡，大家都覺得，這是個很值得探討的題材，因此催生了這部作品，希望深入剖析一名殺人犯的內心世界，透過他異常的成長背景，以及脫軌的人生故事，嘗試找出正常人之所以變成殺人魔的那一條界線，而這條線……就是所謂的「人性」。在此，特別感謝鄭匡宇同學的創意投資，對本作所提供的創意與建議，儘管已跟他原始的故事概念截然不同，但他看過後，也很喜歡這部作品，未來更支持我們將這部作品影視化並給予協助，我們由衷感謝。

社會上常把連續殺人犯冠上「惡魔」、「怪物」之名，像是要切割他與我們之間的聯繫，盡可能抹殺他生而為人的本質。本作中也有一隻這樣的「怪物」，但他並非是外貌畸形的異類，而是長得跟你我一樣，不一樣的是……他的內心已經扭曲變形。

死刑，或許是我們制裁這種「怪物」的最終手段，但站在人權主義的立場，認為只要死刑犯還存在一絲人性，就有教化的可能。於是，廢死與反廢死兩邊陣營，總是為此展開激烈的爭辯，各自有各自的道理。

我們希望跳脫廢死與反廢死兩個極端的立場，提供一個特殊的觀點，讓觀眾一窺殺人魔的內心世界。說不定，對殺人魔來說，逃過一死並不是完美的救贖之道，反而在瀕臨死亡前的一剎那，他才能夠再看一眼自己遺失已久的人性。

至於「維克托」之名，則是取自於《鐘樓怪人》作者維克托．雨果，這個名字用來象徵一隻無法見光的怪物，也是真凶用來卸責的藉口：「如果，有一天我殺了人，或是做了什麼犯法的事，有人問起我的名字，我就說，我叫維克托。這樣一來，所有我犯下的罪都是維克托幹的。」殺人怪物，永遠只存在於人的內心。

人與怪物，只在一念之間！

SMART 26

INK PUBLISHING

惡徒

作　　者	夏佩爾&烏奴奴
總 編 輯	初安民
責任編輯	宋敏菁
美術編輯	黃昶憲
校　　對	吳美滿　夏佩爾　烏奴奴　宋敏菁

發 行 人	張書銘
出　　版	**INK** 印刻文學生活雜誌出版有限公司 新北市中和區建一路249號8樓 電話：02-22281626 傳真：02-22281598 e-mail：ink.book@msa.hinet.net
網　　址	舒讀網http://www.sudu.cc

法律顧問	巨鼎博達法律事務所 施竣中律師
總 經 銷	成陽出版股份有限公司
電　　話	03-3589000（代表號）
傳　　真	03-3556521
郵政劃撥	19785090　印刻文學生活雜誌出版有限公司
印　　刷	海王印刷事業股份有限公司

港澳總經銷	泛華發行代理有限公司
地　　址	香港新界將軍澳工業邨駿昌街7號2樓
電　　話	852-27982220
傳　　真	852-27965471
網　　址	www.gccd.com.hk

出版日期	2018年 7 月　　初版
ISBN	978-986-387-242-9

定　價　280 元

國家圖書館出版品預行編目資料

惡徒／夏佩爾&烏奴奴 著.
--初版, --新北市中和區：INK印刻文學,
2018. 07 面；14.8 × 21公分. --（Smart；26）
ISBN 978-986-387-242-9　（平裝）

857.7　　107008751